中國古代**旅遊**詩選讀

朱典淼、王東／主編

華山

只有天在上

更無山與齊

舉頭紅日近

回首白雲低

崧燁文化

目　　錄

四季斑斕

前 言

    旅遊業是文化產業的重要組成部分，日益成為國民經濟新的增長點。正因為旅遊業是文化含量極高的產業，所以對它的從業人員的文化修養要求也極高。本書編著的目的，就是要適應旅遊業內在發展的要求，從古典詩學的角度，為旅遊業內人士學習中國傳統文化、提高文化修養，提供一個深入淺出、學以致用的選讀本。

    本書運用歷史和邏輯相結合的方法，以「江山多嬌」、「古蹟璀璨」、「四季斑斕」、「人在旅途」四大邏輯板塊，將《詩經》至1840年中國古代韻文中不同風格流派作家的作品囊括其中並加以註釋賞評。在「江山多嬌」中，集中了對中國主要自然景觀的著名描述；在「古蹟璀璨」中，集中了對中國主要人文景觀的著名描述；在「四季斑斕」中，集中了對中國主要氣象氣候景觀的著名描述；在「人在旅途」中，集中了對中國古代各界各階層人士對旅遊感受的著名描述。總之，選詩內容涉及到旅遊中人與自然主客體兩個方面，並且在主客體兩個方面中的主要方面都下了很大功夫。可以說集中地展示了中國古代旅遊詩的精華，具有很強的實用價值，是集中快速瞭解掌握中國旅遊文化的捷徑，因而也就具備了成為導遊人員工作手冊和旅遊院校學生補充教材的條件。同時也可以收到旅遊者「捧著書本遊山河」的知行合一效果。

    毋庸諱言，用歷史與邏輯相結合的方法編著中國古代旅遊詩，迄今還是第一次嘗試，難免有一些錯誤和遺漏之處。我們衷心地希望得到海內外方家的批評指正，以便於共同推進中國古代旅遊詩的研究。同時，也便於我們今後在編著中國近代、現代、當代旅遊詩時，加以改進和提高。

王東

江山多嬌

望岳

杜甫

岱宗〔1〕夫〔2〕如何，齊魯〔3〕青未了。

造化〔4〕鍾〔5〕神秀〔6〕，陰陽〔7〕割昏曉〔8〕。

蕩胸〔9〕生層雲，決眥〔10〕入歸鳥。

會當〔11〕凌〔12〕絕頂，一覽眾山小〔13〕。

〔註釋〕

〔1〕岱宗：岱是山的意思，因泰山為五嶽之首，有宗主的地位，故古稱岱宗。

〔2〕夫：發語詞。

〔3〕齊魯：指古代的齊國和魯國。泰山之北為齊，之南為魯，《史記·貨殖列傳》：「故泰山之陽則魯，其陰則齊。」

〔4〕造化：造物主，大自然。

〔5〕鍾：聚集。

〔6〕神秀：神奇、秀麗。

〔7〕陰陽：山南為陽，山北為陰。

〔8〕昏曉：早與晚。

〔9〕蕩胸：心胸為之蕩漾。

〔10〕決眥：張大眼睛，極目瞭望。

〔11〕會當：一定要，唐人口語。

〔12〕凌：直上。

〔13〕一覽眾山小：《孟子‧盡心上》：「登泰山而小天下。」

[導讀]

　　泰山為中國五嶽之一，因位於東方，又稱東嶽。古人以東方為日出之地，故有「五嶽之長」、「五嶽獨尊」的稱譽。其山勢磅礴雄偉，峰巒突兀峻拔，景色壯麗。歷代帝王登基之初或太平之年，多來此舉行封禪大典，祭告天地。山上名勝古蹟眾多，為中國名山之首。千百年來，泰山一直是人們心馳神往的勝地。明代王思任曾說，生在中國而見不到泰山，見到泰山而不能遊，遊泰山而不能二日遍遊，都是人生中的一大遺憾。

　　這裡選的《望嶽》一詩，是唐代大詩人杜甫的名作，也是古代詠泰山的眾多詩作中最有名的一首。全詩突出一個「望」字，由遠而近，從朝到暮，並由望嶽懸想將來登嶽，字裡行間流露著對泰山的無限神往。

　　首句「岱宗夫如何」，寫的是初望泰山時高興得不知怎樣形容才好，那種揣摩勁和驚嘆仰慕之情，很是傳神。「齊魯青未了」，是經過一番揣摩後得出的答案。詩人既不抽象也不具體地說泰山的高，而是別出心裁地從齊魯的廣大地區來望泰山的青蔥之色，以遠距離烘托泰山的雄姿。「造化鐘神秀，陰陽割昏曉」，寫近望中所見泰山的神奇秀麗和巍峨挺拔。一個「鐘」字，把大自然寫得十分多情；一個「割」字，更是寫出了泰山直刺藍天、分開陰陽昏曉的氣勢。「蕩胸生層雲，決眥入歸鳥」，寫的是細望。山中雲氣層出不窮，心胸亦為之蕩漾，長時間目不轉睛地望著，感到眼眶有似決

裂，鳥都投林還巢了，可知天時已暮，詩人還在望。泰山神奇的景色，深深地吸引著詩人。「會當凌絕頂」，寫由望岳而產生登岳的意願。「一覽眾山小」，是想像登上山頂後的情形。這一方面表現了泰山高出「眾山」的氣勢，一方面也表現了詩人勇攀高峰、俯瞰一切的雄心與氣概。這最後一句中，詩人與泰山合而為一了。對自然的審美體驗，也即對人格的情感體驗。詩人在此超越了自然，同時也超越了自身。在主客消失、物我合一之中，精神得以提升，這正是遊覽山水的最高境界。

華山

寇準

只有天在上，更無山與齊〔1〕。

舉頭紅日近，回首白雲低。

[註釋]

〔1〕更無山與齊：華山為秦嶺支脈，從華山遠望秦嶺，萬山叢嶺之中，只有華山高出天外，沒有與它平齊的山峰。

[導讀]

華山，古稱西嶽。「遠而望之若花狀」，古時「華」與「花」字相通，故名華山。華山以峭拔險峻著稱，其險境、險途不可勝數。「自古華山一條路」，指的是通往主峰的險道。其間，許多路段若無鐵索牽挽便難以攀登。有的地段兩旁為深谷，令人心悸目眩，不敢俯視；有的則必須面壁挽索，貼身探足而進。或許正是因為登山困難，古代帝王來此封禪的幾乎沒有。相傳，唐代文學家韓愈登上華山絕頂，回頭望去，恐懼失色，自覺生還無望，寫下遺

書，投擲岩下。古代詩文詠嘆描寫華山奇險的詩句佳篇俯拾即是，如「卓傑三峰出，高奇四岳無」，「孤高不可狀，圖寫盡應排」，「太華崒西方，倚天如插刀」，而最為傳誦的則是宋代寇準的這首《華山》。

詩人沒有寫遠處望山，也沒有寫登山歷險，而是寫站於絕頂的所見。「只有天在上，更無山與齊」，華山高聳挺拔，周圍的山峰都無法與之相比。杜甫《西嶽》也說：「西嶽崚嶒竦處尊，諸峰羅立似兒孫。」四周「兒孫」似的群峰當然不可能高過華山，它們只能形成「千山捧岳」之勢，烘托出華山的峻拔挺立、氣勢磅礴。「舉頭紅日近，回首白雲低」，天空也並非高高在上，舉目望去，紅日離山頭很近，而白雲比山還低，只有回首俯視了。華山在紅日和白雲的映襯下，更顯得巍峨壯麗。

寇準是宋代名臣，官至宰相，封萊國公。這首詩是他年輕時所作，從中我們似乎也可縱窺其高遠的志向以及未來的遠大前程。

和人遊嵩山（選一）

范仲淹

嵩岳最高處，逸客〔1〕偶登臨。

回看日月影，正得天地心〔2〕。

念此非常遊，千載一披襟〔3〕。

〔註釋〕

〔1〕逸客：安閒的人，此處為作者自稱。

〔2〕天地心：周公曾定中原地區為「土心」，並立石圭以測日影，故有天地的中心的說法。

〔３〕披襟：敞開衣襟，披在身上，這裡表示胸襟為之大開。

[導讀]

嵩山，古稱嵩高，東周時定為中嶽，「以嵩位中央，左岳（泰山）右華（華山），為天地之中」，後俱稱中嶽嵩山。這裡選的詩系北宋大政治家、文學家范仲淹所作。

「嵩岳最高處，逸客偶登臨」，范仲淹當時登的是嵩山的最高峰——中峰，即峻極峰。《詩經·大雅》有「嵩高維岳，峻極於天」，故而得名。峰頂敞平開朗，猶似宅幢之蓋，四周多斷崖峰，唯其中居高巔。登上峰頂，北眺黃河，明滅一線，環顧群山，盡收眼底。

「回看日月影，正得天地心」，傳說周公曾立石圭測日月的影子，將此地定為天地的中心。由中嶽而中原，由中原而中國，古人以為疆域是以一個中心向四方推延開來的。五嶽的界定與中國傳統的五行思想又有密切的關係。五嶽對應著五行（木火土金水），也對應著五方（東南中西北）、五時（春、夏、季夏、秋、冬）。嵩山為中嶽，處中位，屬土，故周公定其為「土心」。

古人眼中的宇宙，天覆地載，中原位於大地的中心，中嶽又位於中原的中心，中峰更是這中心的中心。站在這天地的中心，怎能不讓人胸襟為之大開。所以，范仲淹不禁嘆道：「念此非常遊，千載一披襟。」這雖是一次「偶登臨」，卻成為一次千載難逢的非常之旅。

南嶽絕句（選一）

夏元鼎

崆峒〔1〕訪道至湘湖〔2〕，萬卷詩書看轉愚〔3〕。

踏破鐵鞋無覓處，得來全不費工夫。

〔註釋〕

〔1〕崆峒：山名，江西贛縣南部。

〔2〕湘湖：即湖湘，湖南舊稱。

〔3〕轉愚：變得愚蠢，此處指越來越糊塗。

〔導讀〕

　　衡山位於湖南中南部，兀立於湘江之濱，綿延盤行八百餘里，自隋代定為南嶽。五嶽之中，只有南嶽衡山坐落江南，素有「五嶽獨秀」之譽。

　　南宋道人夏元鼎，四處訪道，遊歷了許多名山大川。當他見到衡山之時，不禁為其高深秀奇的景色所震懾，立刻視之為多年四處尋覓不到的理想的修道之地。「踏破鐵鞋無覓處，得來全不費工夫」，正是表現了他遍求不得而於突然之間意外獲得的驚喜之情。這裡沒有具體描繪衡山的神秀，而是以虛筆烘托其不同凡響之美。

　　苦苦追求與意外收穫之間的轉換，是夏元鼎遊衡山時的真切感受，卻又與人生中許多其他的經驗有相通之處，頗能引起共鳴。因而這兩句詩以哲理警句的形式廣為流傳。從這個意義上講，旅遊的經歷，也正是一種人生的體驗。

望北嶽

汪承爵

雲中〔1〕天下脊〔2〕，尤見此山尊。

八水皆南匯〔3〕，群峰盡北蹲〔4〕。

仙臺〔5〕臨日迥〔6〕，風窟〔7〕護雲屯〔8〕。

剩有搜奇興〔9〕，空憐〔10〕前路昏。

[註釋]

〔1〕雲中：原名雲州，唐代改為雲中郡，後又稱雲州，治所即今之太原市。

〔2〕天下脊：言山勢極高，像天下的脊樑。

〔3〕八水皆南匯：渾河上游八條支流均在恆山一帶向南匯合。

〔4〕群峰盡北蹲：從恆山南眺，但見群峰低下，其狀如蹲。

〔5〕仙臺：指恆山峰頂的北嶽觀。

〔6〕臨日迥：面對太陽，又高又遠。

〔7〕風窟：北嶽觀兩側懸崖壁立，中間虛空，風似虎嘯，名虎風口。風窟當指此。

〔8〕屯：聚集。

〔9〕搜奇興：探勝的興致。

〔10〕空憐：只可惜。

[導讀]

恆山，又名常山。相傳，四千年前，舜帝巡狩四方至此，見山勢險峻，奇峰壁立，遂封為北嶽。恆山號稱108峰，東西綿延數百里，西銜雁門關，東跨太行山，莽莽蒼蒼，橫亙塞上。其主峰在山西渾源縣城南，海拔2017米，為五嶽之冠。渾水河穿過峰中峽谷，形勢極為險要，自古為兵家必爭之地。明人汪承爵的《望北

嶽》一詩，對其山勢地貌有具體的描繪。

第一句「雲中天下脊，尤見此山尊」，概括地交代了恆山及其主峰。雲中一帶，山脈隆起，被喻為天下的脊樑，尤以恆山主峰的地位最為顯著。「八水皆南匯，群峰盡北蹲」，這是從恆山向遠處望去，八條支流在峰間匯為渾河，波濤洶湧，滾滾南去；而南面群山，皆面朝主峰，其狀如蹲。在四周山水的襯托下，恆山主峰巍峨聳立，氣勢雄偉。「仙臺臨日迥，風窟護雲屯」，寫的是登山途中的景觀。登北嶽步雲路開始，拾級而上，直通雲霧瀰漫的高處。仙臺即步雲路盡頭的北嶽觀。從下面望去，北嶽觀臨近太陽，又高又遠。山道兩側，懸崖壁立，樹木漸多，勁風吹來，松濤聲如虎吼，這就是所謂虎風口。山腰間又有小洞，名山雲洞，不時有縷縷白雲從洞中裊裊而出。雲氣屯集山中，煙霧繚繞，氣象萬千。

詩的最後寫道：「剩有搜奇興，空憐前路昏」，因為天色已晚，未能盡興搜奇探勝，半途而歸。讀到這裡，我們也為詩人惋惜。如果從北嶽觀繼續上攀，可達主峰之巔。登高遠眺，會別有一番奇觀。

臺山雜吟（選一）

元好問

西北天低五頂〔1〕高，茫茫松海露靈鰲〔2〕。

太行〔3〕直上猶千里，井底殘山〔4〕枉叫號。

〔註釋〕

〔1〕五頂：即五臺山。

〔2〕靈鰲：傳說中的神龜，這裡喻指五臺山的峰頂。

〔3〕太行：指太行山脈。

〔4〕井底殘山：指五臺山四周的小山，「井底」二字用「井底之蛙」的典故。

[導讀]

五臺山坐落在山西省五臺縣東北部，方圓五百里，由五座山峰組成。因這五座山峰頂部平坦寬闊，形似五臺，故稱五臺。五臺山是中國四大佛教名山之一。山中寺廟林立，佛塔高聳，清流潺潺，松柏相映，青山綠水，風景秀麗。金元之際大詩人元好問的《臺山雜吟》對之有多方位的描繪。這裡所選詩作的第一首，尤能反映五臺山景色的特點。

「西北天低五頂高」，形容山勢高峻，讓天也顯得很低，這是反襯的手法。「茫茫松海露靈鰲」，將茫茫的松林比作大海，一片松林之間，露出五臺山的五個臺頂，恰如一片海濤之中，浮出幾隻神龜。五臺山的臺頂多有寺廟佛塔，詩中的「靈」正體現其間的神秘感。詩人的想像與感覺真是奇特。

「太行直上猶千里，井底殘山枉叫號」兩句形象地描繪了五臺山的氣勢及其獨特的地理風貌。

遊普陀

徐啟東

夢想名山久，因之〔1〕駕海來〔2〕。

潮從天上湧，剎〔3〕向嶼中開。

金粟山〔4〕為鉢，蓮花水〔5〕作臺。

磐陀〔6〕望三島〔7〕，咫尺〔8〕是蓬萊。

[註釋]

〔1〕因之：因此。

〔2〕駕海來：乘船從海上來。

〔3〕剎：佛寺。

〔4〕金粟山：普陀佛頂山曾名金粟山。

〔5〕蓮花水：普陀附近海面又稱蓮花洋。

〔6〕磐陀：普陀西峰靈石禪林門外有磐陀石，相傳觀音菩薩曾坐在此石上談經說法。

〔7〕三島：指傳說中的海上三神山——蓬萊、方丈、瀛洲。

〔8〕咫尺：很近的意思。

[導讀]

　　普陀山在浙江東北部普陀縣，是舟山群島中的一個小島。島上山巒起伏，林木蔥鬱，四周銀濤吞沙，藍天霧海。眾多宮殿式的寺院隱匿群山綠林之中，晨鐘暮鼓，香煙繚繞，頗有海天佛國的景象。

　　徐啟東《遊普陀》首句寫道：「夢想名山久，因之駕海來」，因為「名山屹立海中央」，所以駕著船，乘風破浪，駛向海上的名山。舉目望去，只見海天一色，怒濤奔騰，「潮從天上湧」。而島嶼之上，佛寺巍然屹立，所謂「剎向嶼中開」。此句可與王安石詠普陀的「山勢欲壓海，禪宮向此開」相參照。大海的動盪與山寺的寧靜互為映襯，一動一靜，相得益彰。

　　「金粟山為鉢，蓮花水作臺」一句，取地名為喻。普陀最高峰佛頂山，曾名金粟山，詩人將此山想像成盛滿金粟的鉢盂。普陀附

近海面又稱蓮花洋。相傳五代時，日本僧人慧鍔從五臺山請得一尊觀音聖像，欲由此地乘船回國，突為大風所阻，海面上出現數百條鏈似的蓮花，擋住了去路。慧鍔以為是觀音不肯離開中土，遂於岸上建了普陀第一座寺院，即俗稱的「不肯去觀音院」。出現蓮花的海面便是所謂蓮花洋。詩人將海水想像成蓮花臺，也因觀音坐立均在蓮花臺上。

「磐陀望三島，咫尺是蓬萊。」在普陀山西峰石禪林門外有兩塊巨石，上下相積。上面一塊如菱狀，稱磐陀石。傳說，觀音曾坐此石上談經說法，故又稱談經石。從磐陀石，眺望海上的三神山，三神山不過是神話傳說，是望不到的，而近在眼前的普陀山才是真如蓬萊仙境一般。到過普陀山的人，會覺得詩人此話一點也沒有誇張。

望九華山贈青陽韋仲堪〔1〕

李白

昔在九江〔2〕上，遙望九華峰。

天河掛綠水〔3〕，秀出九芙蓉〔4〕。

我欲一揮手，誰人可相從。

君為東道主〔5〕，於此臥雲松。

〔註釋〕

〔1〕韋仲堪：青陽縣令。九華山在安徽省青陽縣境內。

〔2〕九江：這裡指池州江面，因其地處九江之下游，故亦可泛稱九江。

〔3〕天河掛綠水：指九華山的瀑布。

〔4〕九芙蓉：芙蓉即蓮花，這裡把九華山的九峰比作九朵蓮花。

〔5〕東道主：即主人，韋仲堪為青陽縣令，故稱東道主。

[導讀]

　　九華山是中國佛教四大名山之一，位於安徽省青陽縣境內。群峰中有九座最為雄偉，故初名九子山。唐代大詩人李白曾三次登山，他把九座山峰比作九朵蓮花。在《改九子山為九華山聯句》序中，李白說：「青陽縣南有九子山，山高數千丈，上有九峰如蓮花⋯⋯予乃削其舊號，加以『九華』之目。」從此，九子山被更名九華山，並名揚海內外。

　　這裡選的《望九華山贈青陽韋仲堪》，是李白詠九華山詩中最有名的一首，特別是其中「秀出九芙蓉」一句，更是為人津津樂道。杜牧《郡樓望九華》說：「卻憶謫仙詩格俊，解吟秀出九芙蓉。」王十朋《望九華》說：「九芙蓉自九天開，太史南遊山未開。仙境曾經謫仙眼，佳名絕句兩崔嵬。」趙國麟《九華憶李白》說：「九華之峰似青蓮，九華之號本謫仙。謫仙亦有青蓮號，山耶人耶可並傳。謫仙原是太白精，九華芙蓉選化英。青蓮解詠芙蓉句，天生李白山成名。」

　　李白的詩歌使九華山名揚天下，這是不言而喻的。其實，在古代，有多少著名的景觀不是由於文人的吟詠而盛名流傳的呢？

峨眉山

黃輝

劍外〔1〕名山聚，峨眉不可名〔2〕。

只疑盤古雪〔3〕，化作佛光明〔4〕。

我且歌鳳〔5〕去，誰當騎象〔6〕行。

兜羅〔7〕空世界，說法〔8〕了無聲。

〔註釋〕

〔1〕劍外：四川在劍門關以南，自關中長安而言，為劍外，
又稱劍南。

〔2〕不可名：難以形容。

〔3〕盤古雪：盤古為傳說中開天闢地之人，盤古雪指峨眉山
西甘孜大雪山脈。

〔4〕佛光明：峨眉金頂雲霧水氣密集，經陽光斜射而現出
「佛光」。

〔5〕歌鳳：楚國狂人陸接輿曾鳳歌笑孔丘。接輿為避楚王
聘，佯裝癲狂，攜妻入蜀，隱居於峨眉山。現峨眉山皇帽峰下，響
水橋清音閣邊有石臺，傳說接輿曾結廬其上，清音閣內供有接輿塑
像。

〔6〕騎象：峨眉山萬年寺內有北宋鑄造普賢菩薩騎白象銅
像。

〔7〕兜羅：即兜羅綿。佛經中稱草木的花絮為兜羅綿。此
處，以花絮形容白雲。

〔8〕說法：講授佛法。

〔導讀〕

峨眉山是中國四大佛教名山之一，位於四川峨眉縣西南，山勢

蜿蜒，「如蠶首蛾眉，細而長，美而艷」，故名。峨眉山峰巒起伏，重岩疊翠，氣勢磅礴，雄秀幽奇，素有「峨眉天下秀」之譽。峨眉山眾多奇觀中，最為著名也是別處未有的，是佛光。

峨眉金頂有睹光臺，面臨懸崖峭壁，滾滾雲海湧動。在秋冬午後的晴天裡，有時遊人能看見突然出現的一個如同佛像頂部常見的五彩光環，光環裡還映現著觀賞者的身影。如果移動身體，光環也隨之而動；如果是多人觀看，每人只能看見一個光環和自己的影子，一人一個，互不干擾。傳說，佛光的出現是菩薩顯聖，凡是看見佛光的人，就是與菩薩有緣，如果立刻投入到光環裡，便會被菩薩接引到西方極樂世界去。據說，過去有人受佛光的招引，便毫不猶豫地跳下萬丈懸崖，所以睹光臺又稱捨身崖。其實，這裡所見佛光，是雲霧中的小水滴分光所致，是陽光折射的結果。峨眉山在南方，氣候潮濕，旁邊又有綿延千里、終年不化的雪山，水珠在特定的條件下，就會呈現出奇特的光學現象。這樣看來，黃輝《峨眉山》雲：「只疑盤古雪，化作佛光明」，還是暗含了一點科學的道理。

武當南岩

戴時宗

始入南天路，還知別有天。

仙宮〔1〕懸石壁，道室〔2〕插雲巔。

丹壑〔3〕聞清籟，青松記昔年。

飛昇臺〔4〕尚在，欲結愧無緣。

〔註釋〕

〔1〕仙宮：指南岩宮，即元代所建天乙真慶萬壽宮，也稱南岩石殿。

〔2〕道室：指南岩峰巔處的道觀建築。

〔3〕丹壑：楓葉飄丹的山谷。

〔4〕飛昇臺：位於南岩石殿右側不遠，傳說是真武大帝飛昇成仙的地方。

[導讀]

武當山，又名太和山，位於湖北省丹江口市境內，是中國道教名山。傳說，道教所尊奉的真武大帝曾在此修煉，功成升天。《太和山志》說，武當之意是「非真武不足當之」。

南岩是武當山三十六岩中風景最美的一岩，素有「路入南岩景更出」之譽，著名的「天乙真慶萬壽宮」就建在南岩前側的懸崖絕壁之上，所以戴時宗《南岩》詩寫道：「始入南天路，還知別有天。仙宮懸石壁，道室插雲巔。」

南岩的秋季，層巒疊嶂的經霜紅葉，一山山，一片片，若紅雲，似朝霞。遠處有飛流瀉瀑，近旁有婉轉鳥鳴。這便是「丹壑聞清籟」了。而對這片迷人的景色，不禁想起過去的事情，百年常青的松樹應該還能記得，即所謂「青松記昔年」。

當年，真武大帝就是在此修煉的。他端坐南岩，一坐就是四十二年，鳥兒在他的頭頂上做窩、生蛋和孵化，他無動於衷；荊棘穿過他的腳板進入人體內，再由胸口長出，他熟視無睹，終於功德圓滿，得道升天。今天，還能在南岩之上看到真武大帝靜坐的飛昇臺，詩人感嘆道：「飛昇臺尚在，欲結愧無緣。」

丈人山〔1〕

杜甫

自為青城客，不唾〔2〕青城地。

為愛丈人山，丹梯〔3〕近幽意。

丈人祠〔4〕西佳氣濃，緣〔5〕雲擬〔6〕往最高峰。

掃除白髮黃精在〔7〕，君看他時冰雪容。

[註釋]

〔1〕丈人山：青城山主峰。

〔2〕唾：唾棄、鄙棄的意思。

〔3〕丹梯：兩邊長滿楓樹的石階。

〔4〕丈人祠：即建福宮，唐代又名丈人觀。

〔5〕緣：沿著。

〔6〕擬：打算，想要。

〔7〕掃除白髮黃精在：比喻丈人山積雪的景色。

[導讀]

　　青城山，唐代名為丈人山，為蜀中名山，位於四川省都江堰市西南。距著名的都江堰十六公里。其山面向成都平原，背倚邛崍山脈。山有三十六峰環拱如城堡，山上林木蔥鬱，四季常青，故名「青城」。青城山是道教的「第五洞天」，也是中國道教最早的發源地之一。

　　青城山處於邛崍山腳下、岷江峽谷中，就其大環境而言，頗有深藏於高山巨谷中的幽奧感。三十六峰姿態飛舞多變，每一峰都有茂密的植被覆蓋，山色鬱鬱蔥蔥，輪廓線條柔和，隨山谷的起伏，處處幽深清靜。青城山自然景觀的特點在於幽，有「青城天下幽」

的美譽。杜甫《丈人山》一詩，就是突出了青城山的「幽意」與
「佳氣」。

武夷山

辛棄疾

玉女峰〔1〕前一棹歌，煙鬟霧髻動清波。

遊人去後楓林夜，月滿空山可奈何。

〔註釋〕

〔1〕玉女峰：武夷山三十六奇峰之一。

〔導讀〕

　　武夷山在福建省武夷山市，四面溪谷環繞，不與外山相連，有
「奇秀甲於東南」之譽。主要風景有「山環六六峰」和「溪曲三三
水」，即三十六峰和九曲溪水。三十六峰之一玉女峰，在二曲溪
南，突兀挺拔，岩石秀潤光潔，峰頂草木森簇，宛如山花插鬢，亭
亭玉立若少女狀，故名。辛棄疾《武夷山》正是由這個想像出發，
以戀人相愛的心情描寫遊人對山川的傾慕，顯得別有韻味。

　　「玉女峰前一棹歌，煙鬟霧髻動清波」，是說遊人一葉輕舟來
到玉女峰前，一面撐棹，一面引吭高歌，表達對玉女峰的愛慕。而
玉女峰頂的草木蔥蘢，加上雲霧繚繞，其倒影在溪水中，被棹篙觸
動，也隨清波動盪，似在脈脈地向遊人致意。「遊人去後楓林夜，
月滿空山可奈何」，是想像遊人離去之後，孤獨的玉女在深夜裡，
只有楓林颯颯，月光照著空蕩蕩的山，一片淒涼，於是頓生無限惆
悵。

　　辛棄疾是宋詞豪放派的代表，《武夷山》一詩卻寫得如此婉

約，令人讚絕。

題西林壁

蘇軾

橫看成嶺側成峰，遠近高低各不同。

不識廬山真面目，只緣〔1〕身在此山中。

〔註釋〕

〔1〕只緣：只因為。

〔導讀〕

廬山，又名匡廬，在江西省九江市南，是中國著名的遊覽勝地，有「匡廬奇秀甲天下」之稱。廬山山景秀麗，且奇絕勝景眾多，吸引了歷代文人墨客留下許多詩篇。像唐代大詩人李白的《望廬山瀑布》、白居易的《大林寺桃花》都是千古絕唱，而從整體上把握廬山特徵並予以吟詠的，當首推宋代大詩人蘇軾的《題西林壁》。

此詩並沒有對廬山景色做具體的描繪，而是在遊歷了廬山、有了真切的體驗之後，詩人針對前人的詩文，進一步談了自己的感受。

《感通錄》有云：「廬山七嶺，共會於東，合而成峰。」這正是「橫看成嶺側成峰」的出處。為什麼會有嶺有峰呢？詩人說是由於橫看側看。不僅橫看側看，而且遠看近看、高看低看，廬山也會呈現出不同的形態。

古詩有云：「難識廬山真面目」。廬山從不同高度看有不同的

姿態，又終年多霧，其真面目確實難以辨認。但蘇軾說，為什麼「不識廬山真面目」呢？只因為「身在此山中」，當局者迷嘛。

　　這首詩不僅是寫廬山，而且蘊含著一個哲理，即強調觀察事物要注意掌握全貌，不僅要身在其中，還要出乎其外。當然，詩人不是憑空得出這一結論的。正是廬山景色的千姿百態、千變萬化，才給了詩人靈感和啟示。

贊天都

佚名

踏遍峨眉〔1〕與九疑，無茲〔2〕殊勝〔3〕幻迷離〔4〕。

任他五嶽歸來客〔5〕，一見天都也叫奇。

〔註釋〕

〔1〕峨眉、九疑：山名。

〔2〕茲：此。

〔3〕殊勝：特殊的勝景。

〔4〕幻迷離：變幻莫測，撲朔迷離。

〔5〕五嶽歸來客：明代旅行家徐霞客雲：「五嶽歸來不看山，黃山歸來不看岳。」

〔導讀〕

　　黃山位於安徽省南部，是中國著名的風景區，也是世界知名的遊覽勝地。它以巍峨奇特的石峰、蒼勁多姿的青松、水質清純的溫泉、波濤起伏的雲海稱絕於世。大自然的鬼斧神工在黃山可謂達到極致。

明代大旅行家徐霞客曾遍遊名山大川。有人問，遊歷四海山川，何處最奇？他答道：「薄海內外，無如徽之黃山，登黃山天下無山，觀止矣！」並有「五嶽歸來不看山，黃山歸來不看岳」的評語。《贊天都》一詩即取其意。

天柱峰

朱熹

屹然天一柱，雄鎮斡維〔1〕東。

只說乾坤〔2〕大，誰知立極〔3〕功。

[註釋]

〔1〕斡維：也作管維，轉運的樞紐。《楚辭·天問》：「斡維焉系，天極焉加？」王逸註：「斡，轉也；維，綱也。言天晝夜轉旋，寧有維綱系綴其際？」

〔2〕乾坤：天地。

〔3〕立極：建立四極。古代神話認為天的四方盡頭有四根柱子支撐著，為四極，這裡指天柱山。

[導讀]

　　天柱山在安徽省潛山縣境內，又稱皖公山、皖山。相傳，周朝大夫皖伯封國於此，故名，這也是安徽簡稱「皖」的起源。其主峰天柱峰為安徽省江北第一高峰。因峰陡，直如筍尖，故俗稱「筍子尖」。峭壁巉岩，突起如柱，其摩崖石刻有「孤立擎霄」四字，橫書有「中天一柱」，直書有「頂天立地」，十分壯觀。

　　南宋大思想家、大教育家朱熹《天柱峰》寫道：「屹然天一

20

柱，雄鎮斡維東。」天柱峰屹然聳立，彷彿擎天大柱，鎮在天地運轉的樞紐之側，維繫著天地的運轉。「只說乾坤大，誰知立極功。」人們都知天地很大，但誰知道天的四方有天柱支撐。正是由於天柱立極，天才能正常運轉。天柱之功，可謂大矣！

朱熹發揚儒學，融會道釋，創立理學。對其學說的評價暫且不說。理學作為從南宋到晚清中國社會的主流意識形態，完全可以說是中華民族的精神支柱之一。朱熹對天柱山的讚頌中，暗含著他試圖在思想領域裡「立極」的遠大志向。

早發白帝城

李白

朝辭白帝〔1〕彩雲間，千里江陵〔1〕一日還。

兩岸猿聲啼不住〔2〕，輕舟已過萬重山。

〔註釋〕

〔1〕白帝、江陵：地名。酈道元《水經注》：「有時朝發白帝，暮到江陵，其間千二百里，雖乘風御奔不為疾也。」

〔2〕啼不住：不絕於耳的啼鳴聲。

〔導讀〕

長江是中國第一大河流。它發源於青海省唐古拉山的各拉丹冬山麓，流經西藏、四川、雲南、湖北、湖南、江西、安徽、江蘇，由上海市流入東海，全長6300公里，故稱萬里長江。它與黃河一起被稱為中華民族的搖籃和文明發源地。上游地區，長江多流於群山峽谷，激流滾滾，浪濤洶湧，勢如千軍萬馬；中下游地區，行進於吳楚平原，江闊水大，浩浩蕩蕩。李白《早發白帝城》一詩寫的

是長江在三峽中一瀉千里的雄壯水勢和無限風光，而寓於言外的是詩人的歡悅心情。

詩人當時因永王李璘案，流放夜郎，行至白帝城，忽聞赦書，驚喜交加，旋即放舟東下江陵。首句「彩雲間」三字，描寫白帝城地勢之高，為全篇寫下水船走得快這一動態蓄勢。不寫白帝城地勢高入雲霄，則無法體現出長江上下游之間落差之大。第二句的「千里」和「一日」，以空間之遠和時間之暫寫舟行之速、行期之短，懸殊對比，可知江水奔流之急。三、四兩句轉寫岸上景緻，以猿聲山影烘托船的順流直下，如脫弦之箭。一個「輕」字，也別有意蘊。三峽水急灘險，溯流而上時，詩人不僅覺得船重，心情也頗是滯重；如今順流而下，行船輕如無物，快船快意，使人神遠。詩人經艱難歲月之後突遇轉機，激情迸發，雄峻迅疾中，又有豪情歡悅，所謂「一切景語皆情語」也。

浪淘沙·九曲黃河

劉禹錫

九曲黃河〔1〕萬里沙，浪淘風簸自天涯。

如今直上銀河〔2〕去，同到牽牛織女家。

[註釋]

〔1〕九曲黃河：《初學記》引《河圖》：「黃河九曲，長者入渤海。」

〔2〕直上銀河：據《博物誌》記，海邊有居民見每年八月按期有浮槎來去，即探奇乘槎而去，忽見牛郎織女，後知到了銀河仙境。後人將這個故事與張騫奉命尋黃河之源牽合在一起，說張騫也

乘槎去過銀河。這樣黃河與銀河就連在一起了。

[導讀]

黃河是中國第二大河流。它發源於青海省巴顏喀拉山北麓，流經四川、甘肅、寧夏、內蒙古、陝西、山西、河南，在山東注入渤海，全長5400多公里。因其中游地區為黃土高原，河水沖刷河床，帶來大量泥沙，水色黃濁，故稱黃河。黃河從源頭的涓涓細流，跨過崇山峻嶺，流經水草肥美的天然牧場，進入沃野千里的華北平原，沿途雕塑出千姿百態的峽谷、瀑布、懸河奇觀。黃河流域是中華民族古文化的搖籃，黃帝、炎帝、夏禹、殷商、周朝，以及春秋戰國時代大部分諸侯國都在這一帶建國。黃河兩岸遍佈著華夏民族活動的蹤跡。

古代寫黃河的詩，以李白「君不見黃河之水天上來，奔流入海不復回」一句最為有名。劉禹錫《浪淘沙·九曲黃河》立意取境與之相近。第一句「九曲黃河萬里沙，浪淘風簸自天涯」，其中「自天涯」正有「天上來」之意。第二句「如今直上銀河去，同到牽牛織女家」，就不僅是「奔流入海」，而是又回到天上。黃河流入了銀河，「天上來」，又「天上去」了。清代詩人袁枚後來也表達了同樣的意思：「一條黃河似衣帶，穿破世間通銀河。」

汴河懷古

皮日休

盡道〔1〕隋亡為此河，至今千里賴通波〔2〕。

若無水殿龍舟事〔3〕，共禹論功〔4〕不較多〔5〕。

[註釋]

〔1〕盡道：都說。

〔2〕賴通波：依靠汴河通航。

〔3〕水殿龍舟事：指隋煬帝乘龍舟三次順運河南下揚州遊樂事。

〔4〕共禹論功：與大禹比較功績。

〔5〕不較多：差不多的意思。

[導讀]

　　大運河，南起浙江杭州，入江蘇越長江，經揚州、淮安，入山東越黃河，經德州，入河北，經滄州，過天津，直達北京，全長1440公里，是世界上人工開鑿的最長的運河。歷史上，運河還有向西通往開封、洛陽的河段，古稱汴河。這樣一條連通南北、橫亘中原的大運河的開鑿史，上可追溯到春秋時的吳王夫差，下至宋、元、明各代，而歷史上記載最詳的是隋朝。隋煬帝曾徵發數百萬民工，大規模挖掘、疏通、加寬各處河道。據說，隋煬帝開鑿運河主要是為了自己遠遊享樂，如賞瓊花、建迷樓。因修挖運河，役重賦繁，民力耗盡，天怨人怒，隋煬帝也身死國亡。歷代詩人吟詠此河、此君時，多為諷喻、貶斥。晚唐詩人皮日休的《汴河懷古》則一反常見，立意新奇，在批評隋煬帝開運河的主觀動機的同時，也不抹殺他在客觀上所起的積極作用。

　　「盡道隋亡為此河，至今千里賴通波」，運河的挖掘雖為統治者的享樂，給勞動人民帶來沉重的負擔，可它對溝通南北文化、繁榮兩地經濟，客觀上起了推動作用。至今，揚州市文峰塔下，運河岸邊還屹立著鐫刻「古運河」三字的碑碣，河中江淮舟楫仍四時上下，晝夜不絕，只是人力拉船或風帆已被機動船所代替。「若無水殿龍舟事，共禹論功不較多」，詩人更進一步，將運河的修建與大禹治水相比較。一個是荒淫無道的昏君，一個是萬人敬仰的聖王，

一個三下揚州尋歡逐樂，一個為治水三過家門而不入。從為人上簡直是天壤之別，可他們的行為在結果上卻是相同的。當然，詩人也委婉地提到「水殿龍舟」，但隋煬帝畢竟不是大禹，若不是為滿足自己的慾望，會不會做出利國利民的業績呢？再看看埃及的金字塔、秦陵的兵馬俑，人類許多偉大的文明竟與統治者的貪得無厭如影隨形。

泊秦淮

杜牧

煙籠寒水月籠沙，夜泊秦淮近酒家。

商女〔１〕不知亡國恨，隔江猶唱後庭花〔２〕。

〔註釋〕

　〔１〕商女：指賣唱的歌女。

　〔２〕後庭花：即南朝陳後主所娛樂的樂曲《玉樹後庭花》。《舊唐書·音樂志》記，杜淹對唐太宗說：「前代興亡，實由於樂。陳將亡也，為《玉樹後庭花》。」

〔導讀〕

　　秦淮河源自江蘇省溧水縣，向西流至南京市，橫貫城中，向西匯入長江。相傳，河道為秦時所浚，故名秦淮河。秦淮河不僅是六朝古都的核心所在，兩岸樓臺櫛比，燈火萬象，而且也是一條交通航道，米糧柴草，由錦繡富饒的魚米之鄉三吳地區，源源不斷輸入市區，所以古有「曲屈秦淮濟萬家」之稱。同時，河道兩岸歌樓舞館，駢列兩岸，畫舫游艇，紛集其間，一向是金陵勝地。唐代詩人杜牧《泊秦淮》寫的便是夜泊秦淮的所見。

唐王朝的都城雖不在南京，然而秦淮河的兩岸景像一如既往，酒家林立，是當時豪門貴族、官僚士大夫享樂遊宴的場所。杜牧的詩，反映了他們聲色歌舞、紙醉金迷的生活；同時，也表現了詩人對國事懷抱隱憂的清醒意識。

夜浦濤聲

佚名

春申浦〔1〕水碧如秋，萬頃淙淙夜更幽。

日落江空人喚渡，月明潮上客登樓。

[註釋]

〔1〕春申浦：黃浦江舊名。

[導讀]

　　黃浦江在上海市，源出澱山湖，至吳淞口入長江，全長114公里。相傳，為戰國時楚國大將黃歇開鑿。黃歇後拜相，封春申君，故黃浦江舊名有黃歇浦、春申江、申江等。明朝永樂年間，戶都尚書夏無吉疏濬大黃浦，匯合吳淞江，通範家浜至吳淞口入海，最後形成今日之黃浦江。明清時，「黃浦秋濤」為滬城八景之一。無名氏的《夜浦濤聲》寫的就是當時的景色。江水碧如秋，幽靜的夜晚，渡船都歇著了，有人登樓，看月光下的潮水，詩歌充滿了自然的野趣。然而今天的黃浦江，江闊水深，萬噸巨輪暢通無阻，是重要的交通運輸要道。在市中心處有江底隧道，南有亞洲第一的南浦大橋，北有楊浦大橋，均為巨型斜拉橋，十分壯觀。浦江兩岸高樓鱗次櫛比，入夜燈火輝煌，顯出中國最大都市的繁華景象。

浪淘沙·八月濤聲

劉禹錫

八月濤聲〔1〕吼地來，頭高〔2〕數丈觸山回。

須臾〔3〕卻〔4〕入海門〔5〕去，捲起沙堆似雪堆。

［註釋］

〔1〕八月濤聲：相傳，錢塘潮在農曆八月十八日左右最大。

〔2〕頭高：指潮頭的高度。

〔3〕須臾：片刻。

〔4〕卻：退卻。

〔5〕海門：錢塘江口有兩山對峙，舊稱海門。

［導讀］

　　錢塘江，或稱浙江，入海口呈喇叭形，江口大而江身小，起潮時，海水從寬達100公里的江口湧入，受兩旁漸狹的江岸約束，形成湧潮。湧潮又受江口攔門沙壩的阻攔，波濤後推前阻，漲成壁立江面的一道水嶺，奔騰澎湃，勢若千軍萬馬，聲響如雷轟鳴。這就是著名的錢塘潮。近代觀潮最佳處，為海寧縣鹽官鎮東南的一段海塘。一年中以農曆八月十八日潮汛最大，舊稱「潮神生日」。唐代詩人劉禹錫《浪淘沙·八月濤聲》寫的便是觀潮時的情景。「八月濤聲吼地來，頭高數丈觸山回」，一個「吼」字，一個「觸」字，寫出了錢塘潮的洶湧澎湃的氣勢。

富春至嚴陵山水甚佳四首（選一）

紀昀

濃似春雲淡似煙，參差〔1〕綠到大江邊。

斜陽流水推篷〔2〕坐，翠色隨人欲上船。

〔註釋〕

〔1〕參差：形容波濤的起伏。

〔2〕推篷：推開船篷。

〔導讀〕

　　富春江位於浙江省中部，兩岸重山復嶺，環抱屏峙，或亭峰插雲，或岩石奇峭，青崖翠發，如同黛林，江水澄深，雲影嵐光，上下一色。六朝吳均曾寫道：「自富陽至桐廬，一百許裡，奇山異水，天下獨絕，水皆縹綠，千丈見底；游魚細石，直視無礙。」人若乘舟其上，真不知在鏡中，還是在畫中。

　　這裡所選清代文人紀昀的絕句，著力渲染的正是富春江碧水青山的特色。「濃似春雲淡似煙，參差綠到大江邊」，青山綠水的顏色由眼前一直鋪展到天邊，這是由近到遠。「翠色隨人欲上船」，那無邊的翠色又似乎要上船來陪伴詩人，這是由遠到近。詩人為眼前的綠色所陶醉，纏綿悱惻，溢於言表。

由桂林溯灘江至興安

袁枚

江到興安〔1〕水最清，青山簇簇水中生。

分明看見青山頂，船在青山頂上行。

〔註釋〕

〔1〕興安：灕江發源於廣西桂林東北興安縣貓兒嶺。

[導讀]

灕江，一名桂水，又叫桂江，發源於廣西桂林東北興安縣，與湘水同源，至分水嶺與湘水「相離」，北去叫湘江，南流叫灕江。灕江以水質澄清而著名，一江碧水，蜿蜒曲折，如帶似練。加之處處群山環抱，奇峰夾岸，沿江風光旖旎，碧水瀠洄，削壁垂河，青山倒影，組成了一幅絢麗多彩的畫卷。

清代詩人袁枚《由桂林溯灕江至興安》一詩寫道：「江到興安水最清，青山簇簇水中生。」說兩岸青山在灕江水中的倒影，就像青山生在水中一樣。「分明看見青山頂，船在青山頂上行。」青山在水中清晰可見，船在水中，就像在山頂行舟一樣。此詩寫灕江倒影，想像奇特，構思新穎，語言流暢，畫面清新，堪稱詠灕江的佳作。

珠江雜詠（選一）

胡曾恩

我愛珠江好，風光入嶺偏〔1〕。

帆飛蝌蚪水〔2〕，杖倚鷓鴣山〔3〕。

穗石〔4〕仙蹤古，花田〔5〕粉澤妍〔6〕。

扶胥〔7〕望不及〔8〕，身在雲海邊。

[註釋]

〔1〕偏：別具一格。

〔2〕蝌蚪水：一說為珠江附近的水名。

〔３〕鸕鶿山：在順德境內。

〔４〕穗石：指穗石洞，在番禺。

〔５〕花田：地名，在珠江南岸。

〔６〕妍：色彩艷麗。

〔７〕扶胥：珠江入海口位於扶胥鎮。

〔８〕望不及：望不到頭。

［導讀］

　　珠江，又稱粵江，位於中國南方重要城市廣州。清人胡會恩《珠江雜詠》是古代詠珠江詩作中較好的一首。

　　「我愛珠江好」，詩人開門見山，直接抒寫自己的喜愛。「風光入嶺偏」，指進入嶺南之後，珠江一帶的景色果然與眾不同。「帆飛蝌蚪水」，借蝌蚪水這一地名，形容珠江口江面交通發達，帆行其中，像蝌蚪在水中游泳。「杖倚鸕鶿山」，說自己倚著拐杖，遊歷了風景名勝鸕鶿山。「穗石仙蹤古」，相傳有仙人乘五羊，執谷穗至此，賜福豐收，仙人騰空去後，五羊化為石，廣州市因而得名羊城或穗城。「花田粉澤妍」，相傳五代時南漢美人素馨葬於珠江南岸，遍地開白素馨花，喻為美人粉黛、脂澤所生。此句暗寓這裡花市和美人之多。「扶胥望不及，身在雲海邊」，詩人站在珠江口的扶胥鎮，眺望南海，但見雲海茫茫，無邊無際，海天相連，故以「身在雲海邊」結尾，神情飄逸，引人嚮往。

飲湖上初晴後雨

蘇軾

水光瀲灩〔1〕晴方好，山色空濛〔2〕雨亦奇。

欲把西湖比西子〔3〕，淡妝濃抹總相宜〔4〕。

[註釋]

〔1〕瀲灩：水波相連、波光閃動的狀貌。

〔2〕空濛：水氣迷茫、煙雨濛濛的樣子。

〔3〕西子：即西施，春秋時越國美女。

〔4〕相宜：合適。

[導讀]

西湖，又稱西子湖，古代還稱過錢塘湖，位於杭州市之西，自宋代開始，通稱西湖。西湖面積並不大，可是由於環境山巒疊翠，花木繁茂，峰岩溝壑之間，穿插著泉池溪澗；青山綠水中點綴著樓閣、亭榭、寶塔、廟宇，湖光山色，風景如畫。湖中有孤山、小瀛洲、湖心亭、阮公墩四島；更有蘇堤、白堤將湖面分為外湖、裡湖等。堤上遍種柳樹與桃樹，處處充滿詩情畫意。不論步於堤邊，還是泛舟湖上，都有「人在圖畫中」的感覺。

蘇軾《飲湖上初晴後雨》是古往今來題詠西湖最膾炙人口的詩作。詩的大意是說：不論陰晴變化，也不管什麼樣的打扮，西湖的景色總是那樣美麗宜人。這真是說到了絕處。同時，這首詩還包含著一個耐人尋味的美學理念：重要的是自然的美、本質的美，而不在於外在形式。

詩人將西湖比作生長在杭州不遠處的越國絕代佳人西施，也是最奇特、最恰當不過的比喻了。南宋陳善說此詩「已道盡西湖好處」，並說：「要識西子，但看西湖；要識西湖，但看此詩。」

長春湖〔1〕

汪沆

垂楊不斷接殘蕪〔2〕，雁齒〔3〕虹橋〔4〕儼〔5〕畫圖。

也是銷金一鍋子〔6〕，故應喚作〔7〕瘦西湖。

[註釋]

〔1〕長春湖：瘦西湖的原稱。

〔2〕蕪：小草。

〔3〕雁齒：古時樓閣屋簷上的裝飾，如雁行排列成齒狀，此處喻指樓閣。

〔4〕虹橋：橫跨瘦西湖的大橋名大虹橋。

〔5〕儼：儼然像的意思。

〔6〕銷金一鍋子：銷熔金子的鍋子。古人稱杭州西湖為銷金鍋兒。《武林舊事》記，南宋達官顯貴在西湖「日靡金錢，故杭諺有銷金鍋兒之號」。

〔7〕故應喚作：就應該稱之為的意思。

[導讀]

瘦西湖，在江蘇揚州西郊，六朝以來即為風景勝地。原名炮山河，一名保障河，清代又稱長春湖。汪沆的這首詩出後，遂改名「瘦西湖」。瘦西湖是揚州著名的風景區之一。歷代官紳豪富看中這裡景色秀麗，紛紛沿河造園，因水成景，千百年來，形成一個風格獨特的揚州園林區。

汪沆系杭州人氏。他從杭州到揚州，見此地風景繁華，便與杭

州作了比較。可從「銷金一鍋子」句看，詩中明顯含有對浮華奢靡生活的諷喻。後人似乎只注意到「瘦」字，寫出此湖的瘦長，與西湖不同，其他地方堪與西湖比美。於是，「瘦西湖」之名得以流傳，作者本意卻被抹去了。

遊太湖

文徵明

島嶼縱橫一鏡中，濕銀盤〔1〕紫浸芙蓉。

誰能胸貯〔2〕三萬頃，我欲身遊七十峰。

天遠洪濤翻日月，春寒澤國〔3〕隱魚龍。

中流彷彿聞雞犬〔4〕，何處堪追范蠡蹤〔5〕。

〔註釋〕

〔1〕銀盤：形容太湖浮光若銀。

〔2〕胸貯：心中包容下的意思。

〔3〕澤國：指太湖。

〔4〕聞雞犬：聽到雞犬之聲，喻身在世外桃源。

〔5〕堪追范蠡蹤：能夠見到范蠡的蹤跡。傳說范蠡助越國滅吳後，攜西施歸隱太湖島中。

〔導讀〕

太湖，又名五湖。春秋時，吳越兩國以此為界，湖之西為吳，湖之東為越。湖跨江浙兩省，面積號稱3.6萬頃。湖中大、小島嶼48個，連同沿岸的山峰和半島，號稱太湖72峰。山外有山，湖外

有湖，山巒連綿，層次重疊，組成一幅天然的畫卷。優美的湖光山色，燦爛的人文景觀，確定了太湖作為國家重點風景名勝區的地位，每年都有大量的遊人前來觀光遊覽，憑弔古代歷史人物的活動蹤跡，感受古老的吳越文化的餘風遺韻。

　　明人文徵明《遊太湖》詩寫道：「島嶼縱橫一鏡中，濕銀盤紫浸芙蓉」，風平浪靜的湖水像一面鏡子，星羅棋布的島嶼像是大銀盤中浸著朵朵蓮花。「誰能胸貯三萬頃，我欲身遊七十峰」，誰能有太湖那樣的胸懷啊！它容下了三萬頃湖水，我深深地愛上了這個太湖，想遊遍湖裡外的70餘峰呢。「天遠洪濤翻日月，春寒澤國隱魚龍」，一旦洪波湧起，巨浪排空，似乎要把日月都傾覆過來；春寒料峭，茫茫湖底，還潛藏著魚龍呢。「翻日月」、「隱魚龍」，語意雙關，暗寓太湖在歷史上有許多歷史人物留下了深深的足跡。「中流彷彿聞雞犬，何處堪追范蠡蹤」，船行中流，彷彿聽到島中有雞犬之聲，似乎這就是美麗的世外桃源。詩人聯想到范蠡偕西施泛舟五湖的故事。范蠡他們當年究竟歸隱在哪一個島上呢？

　　這首詩勾畫出太湖的全貌，突出湖寬天遠、魚隱澤深之美，在湖光山色中又滲透著歷史感。

望洞庭

劉禹錫

湖光秋月兩相和〔1〕，潭面無風鏡未磨〔2〕。

遙望洞庭山水翠，白銀盤裡一青螺〔3〕。

〔註釋〕

〔1〕相和：交相輝映。

〔2〕鏡末磨：銅鏡未曾磨拭。

〔3〕青螺：這裡喻指湖中的君山。

[導讀]

　　洞庭湖位於湖南省北部。在遙遠的年代，曾與現在的江漢湖群相連，又稱「雲夢澤」。隨著地質演變，洞庭湖與江漢湖群分離開來，自身也因泥沙的淤積而使湖面日益縮小，但仍為中國第二大淡水湖。洞庭湖煙波浩渺，風光秀麗，泛舟湖上可飽覽「銜遠山，吞長江，浩浩蕩蕩，橫無際涯，朝暉夕陰，氣象萬千」的湖光景色。東望岳陽樓，金碧輝煌，綠樹濃蔭；西眺君山，在萬頃碧波中若沉若浮。

　　劉禹錫《望洞庭》一詩選擇了月夜遙望的角度，把「八百里洞庭」盡收眼底。「湖光秋月兩相和，潭面無風鏡未磨」，澄澈空明的湖水與素月的清光交相輝映，湖上無風，湖面宛如一面未經磨拭的銅鏡。風平浪靜，安寧溫柔的洞庭湖，在月光下別具一種朦朧的美。「遙望洞庭山水翠，白銀盤裡一青螺」，詩人的視線從廣闊的湖面集中到湖心的君山。在朦朧的月色中，洞庭湖如同銀色的盤子，君山恰如這盤中放著的一顆小巧玲瓏的青螺。這真是匪夷所思的想像。詩人將壯闊不凡的氣度和高卓清奇的情致融為一體，給人以高曠清超的審美享受。

過鄱陽湖

徐照

港中分十字〔1〕，蜀廣〔2〕亦通連。

四望疑無地〔3〕，孤舟若在天。

龍尊〔4〕收巨浪，鷗小沒〔5〕蒼煙。

未渡皆驚畏〔6〕，吾今已帖然〔7〕。

［註釋］

〔1〕港中分十字：說這裡是水運樞紐，河道四通。

〔2〕蜀廣：四川和廣東。

〔3〕疑無地：好像根本沒有陸地。

〔4〕龍尊：尊貴的龍王。

〔5〕沒：淹沒，消失。

〔6〕未渡皆驚畏：沒有上船大家都心存畏懼。

〔7〕帖然：安定、妥帖的心情。

［導讀］

　　鄱陽湖，古稱彭蠡，又稱彭澤，位於江西省北部、長江以南，是中國最大的淡水湖。鄱陽湖萬頃碧波，煙波浩渺，平靜時則明淨似鏡。唐代詩人沈全期的「船如天上坐，人似鏡中行」，李白的「開帆入天鏡，直向彭湖東」，都是寫的鄱陽湖。這裡所選的是南宋詩人徐照的一首詩《過鄱陽湖》。

　　「港中分十字，蜀廣亦通連」，說這裡是水運樞紐，港汊交錯，河道四通，亦可一直通到四川與廣東。「四望疑無地，孤舟若在天」，寫湖水浩瀚廣闊、無邊無際，舟在湖中時四面眺望，水天相連，好像根本沒有陸地，也好像就在天空中行舟一樣。「龍尊收巨浪，鷗小沒蒼煙」，詩人想像鄱陽湖的龍王收起巨浪，故湖面風平浪靜。空中掠過的飛鳥，越來越小，消失在煙嵐霧靄之中。「未渡皆驚畏，吾今已帖然」，在未上船時面對浩渺無際的湖水，大家都心存畏懼，可現在我心中只有陶醉之情。

這首詩兼顧觀察、想像和體驗，較為貼切地寫出了旅遊的感受。

大明湖

王象春

萬派千波競一門〔1〕，岡巒回合〔2〕紫雲屯〔3〕。

蓮花水底危城〔4〕出，略似鏤金翡翠盆。

〔註釋〕

　　〔1〕萬派千波競一門：眾多泉水匯成大明湖，門指北水門，湖水由此瀉出，注入十濤河，再入渤河。

　　〔2〕回合：重疊起伏。

　　〔3〕屯：聚集。

　　〔4〕危城：高城。

〔導讀〕

　　大明湖，位於山東濟南市舊城北部，由珍珠泉、芙蓉泉、王府池等多處泉水匯成。一湖煙水，綠樹蔽空，碧波間蓮荷映日，景色佳麗。明人王象春《大明湖》一詩寫道：「萬派千波競一門，岡巒回合紫雲屯」，意為大明湖水浩蕩北流，南山如紫雲屯聚，山水相形，境界闊大。「蓮花水底危城出，略似鏤金翡翠盆。」城牆高聳湖畔，倒映水中，如出水底，蓮花粉紅，荷葉翠綠，城牆樓臺倒影交相輝映，色彩繽紛，便好像一只鑲金的碧玉盆。這首詩形象地道出了大明湖「四面荷花三面柳，一城山色半城湖」的綺麗景色。

滇海曲（選一）

楊慎

滇海風多不起沙，汀洲〔1〕新綠遍無涯。

采芳〔2〕亦有江南意，十里春波遠泛花。

[註釋]

〔1〕汀洲：水邊的小平地或水中小洲。

〔2〕采芳：採摘花朵。

[導讀]

　　滇池，位於雲南昆明市西南，古稱滇南澤，又稱滇海。池上煙波浩渺，一碧萬頃，景色秀麗，被譽為雲貴高原上的一顆明珠。明人楊慎《滇海曲》一詩將滇池水面景色與其他地方的陸地景觀比較，構思頗為奇特。

　　「滇海風多不起沙，汀洲新綠遍無涯」，滇池上起風，自然不會吹起沙塵，只有小洲上的綠色隨風浪波及到遙遠的天邊。「采芳亦有江南意，十里春波遠泛花」，滇池春天的波浪激起浮漚，遠遠望去如千萬朵盛開的小花，使人頓然感到江南的春意，起了採花的念頭。這首詩比喻奇巧，感覺清新，令人心曠神怡。

渡海

孫元衡

捩舵〔1〕揚帆似發機〔2〕，茫洋自顧此生微〔3〕。

亂山斷處天應盡，一髮〔4〕窮〔5〕時鳥不飛。

魚眼光邊波閃爍，龍涎〔6〕影外國依稀〔7〕。

壯遊奇絕平生冠〔8〕，斯語東坡〔9〕未必非。

〔註釋〕

〔1〕捩舵：扳動船舵。

〔2〕發機：扳運弓弩上的扳機。

〔3〕茫洋自顧此生微：大海茫茫，船行其上頓感自身渺小。

〔4〕一髮：像一絲頭髮的遠處山影。蘇軾詩雲：「青山一髮是中原。」

〔5〕窮：窮盡的意思。

〔6〕龍涎：相傳海外異國盛產龍涎香。

〔7〕依稀：模模糊糊。

〔8〕冠：居首位。

〔9〕斯語東坡：斯語，這句話。蘇軾當年到海南有詩雲：「九死南荒吾不恨，茲遊奇絕冠平生。」

〔導讀〕

　　與西方詩人喜歡歌詠大海不同，中國古代詩人流連的只是內陸的山水，很少泛舟大海，寫海上壯遊的詩作非常少。這裡所選清人孫元衡《渡海》一詩，係作於南海舟中。

　　「捩舵揚帆似發機，茫洋自顧此生微」，扳動了船舵，揚起了風帆，船像弓弩扳動了扳機，箭也似的撥浪前進；大海茫茫，航行其中，感到個人都渺如一粟。「亂山斷處天應盡，一髮窮時鳥不飛」，望海島上崢嶸的山崖，在視線終極之處，天好似已到了盡

頭；遠處像一絲頭髮的山影都見不到的時候，連飛鳥也看不到了。「魚眼光邊波閃爍，龍涎影外國依稀」，海面不時浮起海魚，魚兒的眼睛在海波邊發光；遙望那依稀可見陸地影子的遠方，也許就是盛產龍涎香的海外異國吧。「壯遊奇絕平生冠，斯語東坡未必非」，蘇東坡當年貶謫到海南島時曾有詩雲：「九死南荒吾不恨，茲遊奇絕冠平生。」作者此刻深感這句詩之真諦，從而激起強烈的共鳴。

觀滄海

曹操

東臨碣石〔1〕，以觀滄海。

水何澹澹〔2〕，山島竦峙〔3〕。

樹木叢生，百草豐茂。

秋風蕭瑟〔4〕，洪波〔5〕湧起。

日月之行，若出其中；

星漢〔6〕燦爛，若出其裡。

幸甚至哉〔7〕，歌以詠志〔8〕。

〔註釋〕

〔1〕碣石：即碣石山，在河北昌黎縣城北，為燕山餘脈，古今觀海勝地。

〔2〕澹澹：水波動盪的樣子。

〔3〕竦峙：高高地聳立。

〔4〕蕭瑟：風聲，常用以形容秋風。

〔5〕洪波：大波。

〔6〕星漢：星空。

〔7〕幸甚至哉：非常慶幸。

〔8〕詠志：表達志向。

[導讀]

　　渤海北戴河附近，有碣石山，為古今觀海勝地。秦始皇東巡到過碣石山，在此「刻碣石門」，記述功績。漢武帝也曾至碣石山，並建有漢武臺。東漢建安年間，權勢凌駕於皇帝之上的曹操，北定邊域，班師回朝，沿遼西走廊來到此山，觸景生情，寫下了《觀滄海》一詩。

　　曹操登上碣石山，遠眺茫茫的渤海，只見水天浩渺，那聳立於水中的山島，那鬱鬱蔥蔥的草木，顯示出大自然旺盛的生命力。秋天的大海，洪波湧起，胸襟博大，天上的日月星辰都似乎隱觀其中。此情此景給人一種精神向上的振奮，也激發了詩人統一天下的勃勃雄心。

　　據稱，此詩為中國詩歌史上第一首完整的山水詩。

古蹟璀璨

長安古意〔1〕（節選）

___

盧照鄰

長安大道連狹斜〔2〕，青牛白馬七香車〔3〕。

玉輦縱橫過主第〔4〕，金鞭絡繹向侯家〔5〕。

龍銜寶蓋〔6〕承朝日，鳳吐流蘇〔7〕帶晚霞。

百尺遊絲〔8〕爭繞樹，一群嬌鳥共啼花。

遊蜂戲蝶千門側，碧樹銀臺萬種色。

複道交窗作合歡，雙闕連甍垂鳳翼。

梁家畫閣〔9〕中天起，漢帝金莖雲外直。

樓前相望不相知，陌上相逢詎相識〔10〕？

……

節物風光不相待〔11〕，桑田滄海〔12〕須臾改。

昔時金階白玉堂，即今唯見青松在。

寂寂寥寥揚子〔13〕居，年年歲歲一床書〔14〕。

獨有南山〔15〕桂花發，飛來飛去襲人裾〔16〕。

［註釋］

〔1〕古意：擬古。詩人是託古事抒今情，借用漢代的歷史題

材來寫唐代事。

〔2〕連狹斜：說大道連著狹路曲巷。

〔3〕青牛句：說美人乘著七種香木製成的車。青牛，本是道家所謂仙人所騎，此處說美人如神仙。

〔4〕玉輦句：說貴人們的車駕縱橫交錯地經過公主的宅第，形容貴人之多。

〔5〕侯家：土侯的宅第。

〔6〕龍銜寶蓋：蓋，車篷。指車蓋上的裝飾，龍口中銜著寶石。

〔7〕鳳吐流蘇：也是指車上飾物，鳳凰口中銜著流蘇。流蘇，一種盤線繒繡之毯。

〔8〕遊絲：蟲吐的絲。

〔9〕梁家畫閣：東漢順帝梁皇后兄梁冀為大將軍，大起第舍，窮極豪華。此處用以比喻當時豪門宅第的奢華。

〔10〕詎相識：哪能認得？此是疑問感嘆句。上句「不相知」，此句「詎相識」，都是形容朝廷權貴之多。

〔11〕節物句：言時間過得很快。

〔12〕桑田滄海：喻盛衰無常、世事多變。

〔13〕揚子：指漢代文學家揚雄。《漢書·揚雄傳》：「揚雄，字子雲。少而好學，博覽無所不見。為人簡易佚蕩，默而好深湛之思。少嗜欲，不汲汲於富貴，不戚戚於貧賤。家素貧、嗜酒，人稀至其門。」左思《詠史》：「寂寂揚子宅，門無卿相輿。寥寥空巷中，所講在玄虛。」

〔14〕一床書：言寒士終年與書籍為伴。

〔15〕南山：指長安附近的終南山，隱者多居其中。

〔16〕襲人裾：花香襲人衣裾。屈原《九歌·少司命》：「芳菲菲兮襲予。」裾，衣襟。

[導讀]

　　作者盧照鄰，字升之，號幽憂子，唐代幽州範陽人，為初唐四傑之一。曾任新都尉，後為風痺所困，投潁水而死。此詩是透過自身感受，描繪初唐時代西安作為帝都的現實生活的形形色色。全詩一方面揭露權貴豪門的驕奢淫逸，另一方面肯定寒士清貧自守的生活。

　　長安，是中國著名的六大古都之一，而在六大古都中，長安以歷史悠久位居其首。長安的建都歷史可追溯到公元前11世紀的周王朝（豐京、鎬京）、公元前2世紀的秦王朝（咸陽）。今日西安市郊尚有舉世聞名的秦阿房宮遺址、漢長安城遺址、漢未央宮遺址、漢長樂宮遺址、唐大明宮及興慶宮遺址等。古城鼎盛時期的唐長安城幾乎相當於今日西安城的10倍。城內除壯麗輝煌的皇城以外，還有大明宮、太極宮、興慶宮三組宮殿，宮殿氣魄之大，連北京故宮也不免遜色。城內佈局嚴整，「長安大道橫九天」、「百千家似圍棋局，十二街如種菜畦」，這是李白對長安城街道市井的精彩描述。長安城人口眾多，商業發達，宗教活動也十分盛行，遺留至今的巍峨的大雁塔和小雁塔，就是佛教盛行的見證。唐長安城不僅是當時中國最繁華的都市，而且在世界上也是最大的城市，旅居的外國人特別多，從西方的波斯人，到東方的日本人等，有的經商，有的傳教，有的留學，有的則是使臣；還有那能歌善舞的胡姬，詩人李白就有「胡姬招素手，延客醉金樽」、「落花踏盡遊何處，笑入胡姬酒肆中」的名句，胡服、胡帽、胡樂、胡琴、胡舞、胡餅都是風靡一時，這些都足以證明唐代長安是一座國際大都市，是各國人民友好往來的中心。唐朝歷時300年之久，至唐末，由於

藩鎮林立，兵火不斷，特別是唐昭宗天祐元年（公元904年），朱溫劫昭宗遷都洛陽，長安居民「按籍遷居」，一代帝都，逐漸變為廢墟。今日西安城垣是明太祖洪武年間所建，距今也已600餘年。

本詩借時事之變遷，抒發物非人非之感。皆因長安為六朝古都，沉澱了太多的豪奢往事與華貴春夢，故所描述景物尤多內涵。景以引情，情多襯景，長調鋪衍，極盡渲染之能事。「昔時金階白玉堂，即今唯見青松在」，應視作全詩點題之句，是為「人生無常，悲歡不足」的千古哲理，令人讀來不勝唏噓感慨！詩句對仗工律，氣勢上綿密連貫，且餘音不絕。

咸陽城東樓

許渾

一上高城萬里愁，蒹葭〔1〕楊柳似汀洲。

溪雲初起日沉閣〔2〕，山雨欲來風滿樓。

鳥下綠蕪秦苑夕〔3〕，蟬鳴黃葉漢宮秋〔4〕。

行人〔5〕莫問當年事〔6〕，故國東來渭水流〔7〕。

〔註釋〕

〔1〕蒹葭：開花長穗之前的蘆葦，此處泛指蘆葦之類的水草。從高處望只見一片蒹葭楊柳，像是水際荒洲。

〔2〕日沉閣：夕陽隱沒於寺閣之後。此閣指的是慈福寺閣。

〔3〕鳥下句：當時秦皇的宮廷禁苑在夕陽殘照下，已是飛鳥棲息的荒蕪草叢。

〔4〕蟬鳴句：當年的漢宮也是秋風淒厲，在凋殘的黃葉間傳

來寒蟬哀鳴。

〔5〕行人：旅人，作者自指。

〔6〕當年事：指秦漢滅亡之事。

〔7〕故國句：秦漢之事已同東流的渭水那樣消逝了。

[導讀]

作者許渾，字用晦，唐代潤州丹陽（今江蘇丹陽）人，太和六年進士，官監察御史。曾為當塗、太平二縣令。許渾作詩重視聲律，句法圓穩工整，在當時和後世頗知名。韋莊稱他「江南才子許渾詩，字字清晰句句奇」，陸游也稱譽他的作品為晚唐傑作。此詩中「山雨欲來風滿樓」就是古今名句。

秦咸陽城遺址，在今咸陽市以東的長陵車站、窯店鎮與肖家村一帶。當年所以得名咸陽，是因為它位於九山之南，渭水之北，山水俱在陽面，故名咸陽。經考古發掘，秦咸陽城的一半已被渭河圮毀，今咸陽北原上僅有部分遺存。根據文獻記載，秦咸陽城規模十分宏大，是經過周密規劃後才施工的。在完成「冀闕宮廷」主體工程後，才於秦孝公十二年（公元前350年）正式由櫟陽（今臨潼縣東北）遷都咸陽。直到秦惠王還不斷取巨材擴建，一座輝煌壯麗的都城終於落成。秦始皇在滅六國的過程中，又對咸陽進一步建設，每滅亡一國，必仿其宮室，修建一宮，這樣相繼修建了六種不同樣式的新宮殿。可以想見，昔日咸陽原，實是宮殿林立，金碧輝煌，高殿低宇，鱗次櫛比，使咸陽成為中國有史以來無與倫比的大都市。它實際上橫跨渭河南北，因為諸廟、章臺、上林苑皆在渭河以南，並在上林苑中修建了舉世聞名的阿房宮。今城已不復存在。後來漢高祖奪得天下，不得不放棄渭河北，將都城建在渭河以南，另取名長安。今天的咸陽市雖沿用舊名，但位置已向西移動10公里之遙。儘管古咸陽城在楚漢滅秦時受嚴重破壞，但到唐代時還未完

全湮沒，人們還可以登上城樓觀看宮殿樓閣的殘垣。唐末以後隨著歲月流逝、戰亂紛仍等原因，古咸陽終於完全廢圮，現在只能憑考古學家的考識，才能斷定出城垣宮殿的殘基，供人憑弔。

登高望遠，舉首吟哦；景為望中所見，情為望中所生。「一上高城萬里愁，蒹葭楊柳似汀洲」，既扣詠物之宗旨，又不滯於物，乃因為此「高城」非尋常之處，它是由咸陽古都無數流逝的歲月蘊藉而成。「日沉閣」、「風滿樓」、「秦苑夕」、「漢宮秋」這些沈鬱意象，非常貼切地表達了淒清感傷和哀怨無奈的情懷。「行人莫問當年事，故國東來渭水流」，好的詠物詩之結尾，在於不盡，在於餘韻綿遠……

汴京紀事

劉子翬

梁園〔1〕歌舞足風流，美酒如刀解斷愁〔2〕。

憶得承平〔3〕多樂事，夜深燈火上樊樓〔4〕。

〔註釋〕

〔1〕梁園：一名梁苑，漢代梁孝王所造，故址在開封市東，此處代指汴京。

〔2〕美酒句：說當時在汴京飲美酒，像刀一樣可以斬斷憂愁。

〔3〕承平：太平，歌舞昇平。

〔4〕樊樓：即豐樂樓，北宋時汴京城內有名的酒樓。

〔導讀〕

作者劉子翬，字彥沖，號病翁，南宋文學家，福建崇安人，曾任興化軍通判，因父死難，退居家鄉屏山講學，時稱「屏山先生」。此詩是汴京淪陷後，作者回憶當初的京城盛事而作。

　　河南省的開封，古代又稱汴梁、汴京，是中國六大古都之一，城最早築於春秋時代，為鄭國的一個城池。2300年前，魏國首先在這裡建都，當時稱為大梁。《史記》中說：「魏之大梁，秦之咸陽，楚之郢，皆出入大賈小商之地。」秦滅魏時，決汴水灌大梁城，城遭到破壞。隋唐時代，開封是一個郡縣。五代時後梁、後晉、後漢、後周，又相繼在此建都，開封更加興盛起來。趙匡胤建北宋政權，定都開封，開封遂代替長安、洛陽，成為當時的全國政治、經濟、文化中心，東京開封府進入極盛時期。城分內外三重，皇城築於最內部，飛檐重樓，金碧輝煌。淳化二年，宋太宗說過：「東京養甲兵數十萬，居人百萬家。」《清明上河圖》中，宮室城郭及士女車馬在街頭熙熙攘攘的場面，反映了宋時開封的繁榮景象。詩人有「汴京富麗天下無」之句。市內名勝古蹟甚多，如古吹臺、相國寺、繁塔、鐵塔、龍亭等。宋、明時期，便有汴京八景，稱「繁臺春色」、「隋堤煙柳」、「汴水秋聲」、「相國霜鐘」、「鐵塔行雲」、「州橋明月」、「金池夜雨」、「梁園雪霽」。

　　以《汴京紀事》為題的詠誦詩頗多，而這一首詩的特色在於以小見大，所謂「大處著眼，小處啟端」。汴京，作為幾個朝代的政治、經濟、文化中心，其鼎盛時期的富麗堂皇自是可想而知，但詩人並未正面渲染描繪這些，而只是截取了「夜深燈火上樊樓」一個景緻，就將當年遊樂宴享的繁華喧騰展現了。然而，隨著歷史的流逝和淘洗，這一切都只能在「憶」中去回味，因此傷感和哀婉也就在所難免了。

遊洛中內

蘇舜欽

洛陽宮闕郁嵯峨〔1〕，千古榮華逐逝波〔2〕。

別殿〔3〕秋高風淅瀝，後園春老樹婆娑〔4〕。

露凝碧瓦寒光滿，日轉觚棱〔5〕暖艷多。

早晚金輿〔6〕此遊幸，鳳樓〔7〕前後看山河。

〔註釋〕

〔1〕郁嵯峨：莊嚴高大的樣子。

〔2〕逐逝波：像流水一樣地過去。

〔3〕別殿：即便殿，為宴息之所，因別於正殿，故稱別殿。

〔4〕婆娑：枝葉茂盛、紛披的樣子。

〔5〕觚棱：古代青銅酒器觚，身部加飾脊棱，稱為觚棱。此處喻指宮殿建築的屋脊。

〔6〕金輿：皇帝乘坐的車子。此代指皇帝。

〔7〕鳳樓：即五鳳樓。

〔導讀〕

作者蘇舜欽，宋代文學家。

洛陽是中國六大古都（西安、洛陽、北京、開封、南京、杭州）之一。從公元前770年開始，先後在東周、東漢、曹魏、西晉、北魏、隋、武周、後梁、後唐等9個朝代在此建都。在唐和北宋等朝代，這裡也是陪都。它南臨伊闕，背靠邙山，伊、洛、瀍、澗四水流經其間。在隋唐極盛時期，這裡的宮殿臺閣，窮極華麗，苑圃庭宅，猶如仙境。歷史上許多著名的歷史人物在這裡居住或漫遊過，留下很多光輝詩篇，因此古都洛陽又有「詩都」之稱。

此詩前兩句，描寫隋唐極盛時期洛陽宮闕的巍峨華麗已隨時間消逝。接下四句，轉入眼前近景描繪，「別殿」和「後園」，還有那「碧瓦」、「鴟棱」上的露光暖色，皆展現著一種寧靜平和的境界。尤其從結尾二句看，詩人遊此憑弔，於不盡感慨中，倒並無多少傷嘆意味，相反，從中溢出的倒是一種輕鬆平和之情。

憶江南

白居易

江南好，風景舊曾諳〔1〕：日出江花紅勝火，春來江水綠如藍。能不憶江南？

江南憶，最憶是杭州：山寺〔2〕月中尋桂子〔3〕，郡亭〔4〕枕上看潮頭。何日更重遊？

[註釋]

〔1〕諳 ：熟識。

〔2〕山寺：指天竺寺、靈隱寺。

〔3〕桂子：桂花。傳說，曾有月中桂子落到兩所寺廟附近。

〔4〕郡亭：指當年杭州刺史衙門裡的虛白亭。唐代杭州一度劃作餘杭郡，故稱郡亭。

[導讀]

作者白居易，唐代偉大詩人。字樂天，晚年號香山居士。祖先太原人，後遷居下邽（今陝西渭南）。貞元進士，授秘書省校書郎。元和年間，任左拾遺及左贊善大夫。後因上表請求嚴緝刺死宰相武元衡的兇手，得罪權貴，貶為江州司馬。長慶時任杭州、蘇州

刺史等職，頗著政績。後官至刑部尚書。其文學思想，主張「文章合為時而著，歌詩合為事而作」，強調繼承《詩經》的優良傳統和杜甫的創作精神，反對六朝以來的形式主義。早期所作大膽揭發封建統治黑暗現象，同情被殘酷剝削的窮苦人民，廣泛地反映了當時的社會現象，豐富了現實主義詩歌的內容，對於新樂府運動起了積極的領導作用。其詩政治傾向強烈，藝術形象鮮明，語言通俗，相傳老婦也能聽懂。除諷喻詩外，長篇敘事詩《長恨歌》、《琵琶行》，也是代表作品。與元稹友情篤厚，且與齊名，並稱「元白」。有《白氏長慶集》。

杭州是中國六大古都之一，在春秋時代，先屬吳，後屬越。秦朝在這裡設錢唐縣，漢晉時代也有人稱之「武林」。隋文帝楊堅在598年滅了南朝的陳國，把錢唐郡改為杭州，杭州之名在歷史上第一次出現。隋煬帝即位後，開鑿運河網，修寬江南運河，使國都洛陽與杭州一水相通，促進了杭州的發展。唐李泌仟杭州刺史，開鑿相國等六井。822年，白居易仟杭州刺史，人工浚湖，修築西湖堤岸，蓄泄湖水灌溉農田。那時杭州已經是十分美麗的城市了。唐末，「五代十國」時期，錢鏐在這裡稱王，並建都杭州，經營了70年。宋時，蘇軾兩度到杭州做官，尤其是第二次任杭州知州期間，又大規模地疏濬西湖，修建蘇堤及六橋，使西湖平添了無限妍媚，從此，一泓碧水更使杭州成了東南名城。北宋末年，中原失陷，宋王朝遷都杭州，稱為臨安，這裡成了一代京都，持續了150年之久。元代，義大利人馬可·波羅到杭州，曾驚嘆杭城是「世界上最美麗華貴的天城」。杭州是美麗的，同時它又有過辛酸的歷史。杭州除了聞名世界的西湖外，還有許多名勝古蹟，歷代詩人在這裡留下了無數詩篇，許多名人在這裡流連忘返。

白居易是西湖最早的開拓者，他對杭州感情很深。《憶江南》這首詞一個很重要的特點，是作者飽含著濃厚的詩的情緒，卻幾乎都用景語來表現，詩情隱藏在畫意後面，真切自然，情景交融，詩

情畫意，躍然紙上，使人讀後如親臨其境，猶在畫中，深受感染。

蘇堤春曉

張寧

楊柳滿長堤，花明路不迷。

畫船人未起，側枕聽鶯啼。

［註釋］

〔1〕蘇堤：俗稱蘇公堤，在杭州西湖西面，宋代文學家蘇軾於元祐四年（公元1089年）任杭州知州時，開濬西湖，取湖泥葑草築成，後人為紀念蘇軾，稱之為蘇堤。堤橫貫湖南北，全長2.8公里。堤上有映波、鎖瀾、望山、壓堤、東浦、跨虹六橋，古樸美觀。堤上遍種花木，尤以柳樹、桃樹最為宜人。春季裡，桃花盛開，柳樹吐綠，景色如畫。漫步堤上，看曉霞中西湖初醒，春風蕩漾，桃紅柳綠，鶯鳴雀啼，意境動人，故古人稱之為「蘇堤春曉」，為西湖十景之首。

［導讀］

作者張寧，字靜之，號方洲，明代海寧（今浙江海寧市）人。明朝代宗景泰、英宗天順年間為給事中。後曾任汀州知府，不久託病回鄉。休官後，每年必到杭州遊覽，所作西湖詩不少。

杭州西湖在南宋時有十景，名為蘇堤春曉、平湖秋月、斷橋殘雪、雷峰夕照、南屏晚鐘、曲院荷風、花港觀魚、柳浪聞鶯、三潭印月、兩峰插雲。到清朝，康熙帝南巡到杭州，對十景十分欣賞，在各處建亭勒石（樹碑），並改曲院荷風為曲院風荷，改雷峰夕照為雷峰西照，改兩峰插雲為雙峰插雲。

這首詩的佳處，在於前兩句是眼底所見，後二句為耳中所聞，由此構成了一個形象的整體：春天早晨蘇堤有聲有色的美景。詩人的感情比較豐富細膩，對自然景物往往更能體察入微，曲筆描繪，動靜相參。此詩前為景，後為情，情景交融，結合緊密，因此顯得異常纖巧秀麗。是一幅畫中小品。

臺城

韋莊

江雨霏霏江草齊，六朝如夢鳥空啼〔１〕。

無情最是臺城柳，依舊煙籠十里堤〔２〕。

〔註釋〕

〔１〕江雨二句：意思是臺城春雨！，！春草茂盛，六朝的事跡已如夢幻，只有鳥兒啼鳴，好像在憑弔興亡。臺城靠近長江，所以說「江雨」、「江草」。

〔２〕無情二句：用柳樹的蓬勃茂密，反襯臺城的一片荒蕪，用柳樹的無情，透露詩人的無限傷感。十里堤，指當年北湖邊東起覆舟山、西至都城的十里長堤。

〔導讀〕

作者韋莊，字端己，唐代京兆杜陵（今陝西西安市）人，曾多次應進士試落第。昭宗乾寧年間始中進士，做過補闕等官，後入蜀依王建。唐亡，王建稱帝，曾任宰相。其詩和詞都很出名，其詩清新流暢，感情真摯。

臺城遺址在南京玄武門內，雞鳴山南乾河沿北，玄武湖附近。此地本是三國時吳的後苑，東晉時以建康為都城，在此改建新宮，

遂成為宮城，後來南朝的梁、陳也以此為宮城。因是東晉及南朝省臺（中央政府）所在地，故稱臺城。梁武帝時建康宮城加築為3層，城區廣達4里，人口超過100萬，可稱當時中國的第一大城，臺城也處於其最美好的時代。為免玄武湖漫淹都城，東起覆舟山，西至都城修了一條長達10里的長堤，堤上遍種楊柳，因此唐朝詩人韋莊有詩句：「依舊煙籠十里堤」的描述。這也是當年臺城與玄武湖的美景。梁武帝晚年，發生了「侯景之亂」，建康幾乎成為荒城。唐時臺城遺址尚存，後來逐漸廢圮。今天在雞鳴山後所看到的「臺城」，大概是宮城的一部分，可算是1600年前遺留下來的唯一古城垣了。

臺城自東晉始，貫穿整個南朝一直是朝廷和皇宮所在地，既是政治中心，又是上層統治階級遊樂宴享的處所，故昔日之繁華喧騰可想而知。然而隨著歷史的流逝和淘洗，這裡只剩下淒涼的斷井殘垣和寂寂荒草。而婉轉的春鳥和堆煙似霧的堤柳，更使這一切觸目驚心。詩人生活於唐王朝覆滅前夕，因此，短命而接踵敗亡的六朝遺址在詩人筆下便表現得特別使人傷感和哀婉。

桂枝香·金陵懷古

王安石

登臨送目〔1〕，正故國晚秋，天氣初肅。千里澄江似練〔2〕，翠峰如簇。征帆去棹〔3〕殘陽裡，背西風、酒旗斜矗。彩舟雲淡，星河鷺起，畫圖難足〔4〕。

念往昔，繁華競逐，嘆門外樓頭，悲恨相續〔5〕。千古憑高對此，漫嗟〔6〕榮辱。六朝舊事隨流水，但寒煙衰草凝綠〔7〕。至今商女，時時猶唱，後庭遺曲〔8〕。

〔1〕送目：舉目遠望。

〔2〕千里澄江似練：千里長江，水色澄清，好像一條白色的綢帶。謝朓《晚登三山還望京邑》有「澄江靜如練」語。

〔3〕征帆去棹：江上往來的船隻。

〔4〕彩舟三句：說華美的船隻像是蕩漾在淡淡的白雲裡，群群白鷺像在銀河裡飛翔，即使畫圖，也難畫出這樣壯麗的景色。星河，銀河，這裡借指長江。

〔5〕念往昔四句：是說回想六朝時荒淫的君主們爭著過繁華的生活，慨嘆當隋朝大將韓擒虎兵臨城下時，陳後主和愛妃張麗華還在尋歡作樂，這樣亡國的悲恨在六朝時相續不斷。門外樓頭，杜牧《臺城曲》：「門外韓擒虎，樓頭張麗華。」指隋將韓擒虎兵破金陵，斬張麗華，俘陳後主。門外，說法不一，有的說是朱雀門外。樓頭，指張麗華所住的結綺樓，也有謂陳後主所建的景陽樓。

〔6〕漫嗟：空嘆惜，白白地感嘆。

〔7〕寒煙衰草凝綠：帶有寒意的雲煙，衰枯的草和一片沒有生氣的綠色，是對晚秋景色的形容，也是對時事的慨嘆。

〔8〕至今三句：說直到現在那些歌女們還在那裡時時唱著亡國之音《玉樹後庭花》。杜牧《夜泊秦淮》：「商女不知亡國恨，隔江猶唱後庭花。」商女，歌女。後庭花，指陳後主所作《玉樹後庭花》。

〔導讀〕

作者王安石，北宋傑出的政治家、文學家、思想家。字介甫，號半山，江西臨川人。仁宗時進士。神宗熙寧二年（公元1069年）任參知政事，次年拜相。他積極推行青苗、均輸、市易、免

役、農田水利等新法。後罷相。晚年退居江寧（今江蘇南京）。封荊國公，也稱荊公。卒諡文。所作詩文險峭奇拔，自成一家。散文為「唐宋八大家」之一。其政論揭露時弊，簡練有力；詩歌也能反映社會現實，頗多佳作。詞雖不多然風格高峻。

　　南京，中國的古都之一。春秋時屬吳，戰國屬越，後屬楚。從越國范蠡在今「越臺」處築越城算起，南京築城已有2400餘年的歷史。當年范蠡曾駐守此城，當時又稱為范蠡城。公元前333年，楚滅越，楚威王在石頭山上築城，叫金陵邑。秦漢置秣陵縣，三國時吳國孫權建都於此，改名建業，取建功立業之意。相傳，諸葛亮與吳王孫權在石頭城上駐馬觀山時說：「鐘阜龍蟠，石頭虎踞，真乃帝王之宅也。」此即南京有「龍蟠虎踞」之稱的來歷。公元280年，晉滅吳，改建業為建康。西晉覆亡後，東晉就以建康為首都。繼東晉的宋、齊、梁、陳四個王朝，稱為南朝，皆以建康為都城。東吳、東晉和南朝合起來共有六個朝代，史稱「六朝」，從公元3世紀延續到6世紀，共332年，這就是「金陵自古帝王州」這一語的來由。後來，南唐以此為都，改稱江寧，共38年。明太祖朱元璋統一全中國，以開封為北京，以此地為南京，南京之稱即由此而來。公元1378年，他取消了開封北京的名稱，決定建都南京，改南京為京師，南京第一次成為全國的首都。他用了21年的時間（1366～1386年），完成了這座用磚石築成的全長67里的城垣。它經歷了600年的風雨，至今仍屹立於世。這座磚城之長不僅在全國居首（北京內城40里，外城20里），而且是世界之最（巴黎城也只有59里）。今日城內仍有明故宮遺址，鼓樓、鐘亭也是當時的遺物。後來太平天國曾以此為京都，稱為天京。辛亥革命後，孫中山曾定都南京。民國政府也建都南京。南京名勝古蹟眾多，如中山陵、明孝陵、玄武湖、雨花臺等，是中國重要的遊覽勝地之一。

　　全詞內容可分為兩部分：一是寫景，描繪金陵的壯美景色；二是懷古，敘述六朝的「繁華競逐」，寓有恨世傷時之感。時間是在

深秋，地點是六朝故都金陵，茫茫大江，千里一道，靜臥在金陵城下，那澄清的江水，如同一條飄動的長練，遠處一帶碧翠的山峰如同攢聚一起。詞人把目光轉移至較近處的秦淮河，映入眼簾的是一只只美麗的畫舫，都裹著一層薄霧，彷彿游動在淡淡的雲靄裡；近處的白鷺洲在燈光水影裡亦彷彿要騰空飛起，如此美妙的景象就是「畫圖」也無能為力呀！

下片，詞人思接千載，詞筆由目前的山川景象伸向悠悠不盡的歷史。「念往昔」三字起調，感慨深沉。因為詞人已深刻地感受到，正是「繁華競逐」造成了許多人間的不幸。六朝舊事早隨流水而去，只剩寒煙籠罩下的衰草還有點點綠意。健忘的人們並沒有史鑒前車。「至今商女，時時猶唱，後庭遺曲」，《玉樹後庭花》的靡靡之音，仍然有人愛聽。從歷史走向現實，弔古亦復傷今，立意十分高遠。

揚州慢

姜夔

淮左〔1〕名都，竹西〔2〕佳處，解鞍少駐初程。過春風十里，盡薺麥青青〔3〕。自胡馬〔4〕窺江〔5〕去後，廢池喬木〔6〕，猶厭言兵〔7〕。漸黃昏，清角吹寒，都在空城。

杜郎俊賞，算而今，重到須驚〔8〕。縱荳蔻詞工，青樓夢好，難賦深情〔9〕。二十四橋仍在，波心蕩，冷月無聲。念橋邊紅藥，年年知為誰生！

〔註釋〕

〔1〕淮左：即淮南東路，宋行政區劃，治所在揚州。

〔2〕竹西：亭名，在府城北門外禪智寺旁，今已不存。

〔3〕過春風二句：春風十里，杜牧《贈別》詩有「春風十里揚州路」，形容揚州街道繁華。這裡說：當年繁華的十里長街，兩旁長滿了蕎藜，間雜麥子。薺，蕎藜。

〔4〕胡馬：指金兵。

〔5〕窺江：指金兵南侵到長江北岸。宋代建炎三年、紹興三十一年，金兵兩次進犯揚州，燒殺搶掠。

〔6〕廢池喬木：指被戰火破壞的池苑、樹木。

〔7〕猶厭言兵：是說南宋君臣偏安一隅，對金人步步退讓，甚至主張揚州不守防，以「談兵為諱」，諱言用武力抗擊敵人。

〔8〕杜郎三句：杜郎，杜牧。說即使杜牧那樣有卓越識見的人，如果今天重到揚州，料想他也會大吃一驚。

〔9〕縱荳蔻三句：荳蔻詞，指杜牧《贈別》詩有「娉娉裊裊十三余，荳蔻梢頭二月初」句。青樓夢，指杜牧《遣懷》詩中有「十年一覺揚州路，贏得青樓薄倖名」句。三句說，即使當年寫過荳蔻詞、青樓夢這樣好詩的杜牧，現在面對這座蕪城，也難以賦出深情。

[導讀]

姜夔，字堯章，別號白石道人，南宋饒州鄱陽（今江西波陽）人，一生未仕，常漫遊蘇、杭、揚等地，精通音律，工詞，常自度新腔，聲詞皆美。此詞是他第一次來揚州時所寫，當時揚州經過金兵的幾次蹂躪，已殘破不堪，滿目荒涼。詩人十分感慨，詞內表現出他深摯的憂國之情。

揚州，古中國（夏、商）九州之一，據說，今江蘇、浙江、安徽、江西、福建諸省，皆屬其地。周、漢以後，疆土愈來愈狹，至

隋、唐，揚州即成為今江蘇揚州（江都）地區的專有地名，而且空前地繁榮起來。隋煬帝滅陳後，金陵荒蕪，揚州則因開鑿疏闊南北大運河而成為南方第一大城。揚州，當時又名廣陵，是蘇北運河的起點，中國東南富庶之地的物資從這裡上船，可透過運河直抵京都洛陽，隋煬帝在耗盡民力挖通運河後又三次乘龍舟從洛陽直下揚州，揚州城內當年築有煬帝行宮，大量宮殿樓閣相繼拔地而起。唐朝時，揚州仍然十分繁華，李白就有「故人西辭黃鶴樓，煙花三月下揚州」之句。唐鑒真和尚就是揚州大明寺住持法師，當年這裡還有留學僧人。他東渡日本就是從揚州附近的「瓜洲渡」上船，出長江口入海的。由此可見，揚州在唐代還是中國內地與海外各國交往的港口。明、清時期，揚州依然是重鎮與商埠。康熙、乾隆帝下江南巡視，每次都經過揚州，揚州市內至今仍有「御碼頭」的古蹟。此外，揚州尚有古運河、文峰塔、史可法祠、隋煬帝陵、大明寺、平山堂，以及著名的瘦西湖等名勝古蹟，風景秀麗，國內外遊人終年不絕。

作者一開頭就指出揚州是繁華勝地，這就給下文寫它的破落荒涼起了襯托作用，使之形成鮮明的對照。當年車水馬龍、酣歌醉舞的十里長街，現在竟長出了一片綠油油的野生麥子呵！作者採取從側面烘托的手法，廢池喬木對於當時敵人侵犯的劫掠屠殺，尚且覺得這樣憎厭、可怕，那麼，人又如何？不需要作者多花筆墨正面描繪，而讀者已透過樹猶如此、人何以堪中體會得之了。這幾句表面看來似乎是描述客觀事物，其實是抒寫作者的感受，作者的感情已滲透在客觀事物中，作者已把喬木擬人化了。

上片是作者就其見聞來描寫戰後揚州的殘破荒涼，流露出對金統治者侵擾的厭惡痛恨。下片仍寫揚州的殘破，但所運用的手法不同，出之以議論，卻又很具體、含蓄。作者以杜牧「重到須驚」來襯托揚州的荒涼，緊跟又進一步指出，即使杜牧有大大的才華，也不可能再像當年那樣讚美揚州了。當年杜牧曾寫過：「二十四橋明

月夜，玉人何處教吹簫？」描繪二十四橋的熱鬧情景。今天，二十四橋還完好無恙，橋下的流水，碧波瀲灩，只有孤月冷清清地在水裡，周圍寂寞無聲。

楓橋〔1〕夜泊

張繼

月落烏啼霜滿天，江楓〔2〕漁火對愁眠。

姑蘇城外寒山寺，夜半鐘聲〔3〕到客船。

[註釋]

〔1〕楓橋：《一統志》：「楓橋在蘇州府城西七里，南北往來，必經於此。」

〔2〕江楓：水邊的楓樹。江南人往往稱河為江，故稱江楓。

〔3〕夜半鐘聲：計有功《唐詩紀事》：「此地有夜半鐘，謂之無常鐘，繼志其異耳。」詩人在船上，聞夜半鐘聲，頓生羈旅之愁。

[導讀]

作者張繼，字懿，襄州（今湖北襄陽）人，唐天寶十二年（公元753年）進士，一生官位不顯，作詩直抒胸襟，不事雕琢。此詩寫午夜到拂曉，環境清幽，景物鮮明，藝術上有較高造詣，後世廣為傳誦。

寒山寺、楓橋，在蘇州市閶門外楓橋鎮。寒山寺，始建於南朝梁天監年間。初名「妙利普明塔院」。相傳，唐貞觀年間高僧寒山、拾得曾在此住持，遂更名寒山寺。唐代詩人張繼途經寒山寺，

寫有《楓橋夜泊》詩，從此，詩韻鐘聲，膾炙人口，寒山寺也名揚天下。寺院幾經滄桑，張繼詩中所詠古鐘早已失傳。明嘉靖年間所鑄寺鐘，傳說流入日本。清光緒三十一年（公元1905年），寒山寺重建時，日本募鑄仿唐式青銅乳頭鐘送歸，現懸於大殿左側鐘樓。

楓橋，在寒山寺附近的楓橋鎮。舊作封橋，因唐張繼《楓橋夜泊》詩相承作楓橋。明代高啟詩雲「畫橋三百映江城，詩裡楓橋獨有名」。現橋為清同治三年（公元1863年）重建，為花崗石半圓形單孔石拱橋。

第一句是整首詩展開的時空背景，詩人連用三個平列的意象勾勒出時節和迷濛的夜景，使人不知不覺沉浸在一種清寒的茫茫夜氣之中。接下，出現了散落在江中的星星點點的漁火，畫面頓時顯得活動起來，並且漸由景入情，淡抹出這種氛圍中主人翁的情懷。後二句是全詩的重心，詩人集中筆墨描寫了「夜半鐘聲」這一富有詩意的典型事件，透過聽覺形象表現自己此時的感受。

詩人在格律嚴明的七絕二十八字中，將光、色、聲、景、情統攝為一，更配以清朗悠揚的聲韻，構成使任何畫家亦嘆為觀止而難於措手的藝術境界，從而不僅使此詩千百年來為人們所激賞不已，而且詩中寫到的楓橋和寒山寺也隨之不朽。古人說自張繼此詩後「現北客經由未有不憩此橋而題詠者」（范成大《吳郡志》）。

送人遊吳

杜荀鶴

君到姑蘇見，人家盡枕河。

古宮〔1〕閒地少，水港小橋多。

夜市賣菱藕，春船載綺羅〔２〕。

遙知〔３〕未眠月〔４〕，鄉思在漁歌。

[註釋]

〔１〕古宮：即春秋時吳國王宮，這裡借指姑蘇。

〔２〕夜市二句：說蘇州商販均以小船載菱藕、絲綢等貨物沿河道叫賣。綺羅，婦女穿的絲綢衣服。

〔３〕遙知：遙想。

〔４〕未眠月：不能成眠的月夜。

[導讀]

作者杜荀鶴，字彥之，池州石埭（今安徽石台縣）人。晚唐詩人。出身孤寒，相傳為杜牧出妾之子。早得詩名，然屢試不第。大順二年登進士第，已46歲。詩善用白描手法，語言通俗淺近，在唐代律詩中自成一格。

吳，即指蘇州。是江南一座具有2500多年歷史的古城，是一座美麗的園林城市，也是一座與吳王夫差、越女西施等歷史故事連在一起的歷史名城。蘇州，又名姑蘇城，古時也有人稱其為闔閭城。春秋時代周靈王十二年（公元前560年），吳王諸樊由無錫梅裡遷都蘇州，蘇州就成了一個都城。吳王闔閭六年在這裡築闔閭大城，周圍47里，是當時江南的第一大城。蘇州又是一座著名的水城，城內河道縱橫交錯，幾乎是「家家門前有舟船，戶戶窗外見小河」。晉左思《吳都賦》：蘇州城「通門二八」，「水道通衢」，「車船併入」。2000多年來，除元代一度拆除城牆外，蘇州位置大體如舊。宋、明、清各代在城內陸續修起了數以百計的私宅園林，形成了獨特的建築風格。

姑蘇的特點是什麼？怎樣才能寫得好呢？作者是非常善於描述

的，即抓住水的特色盡情詠誦。詩句通俗，流暢自如。前六句是實，後二句是虛。寫詩，寫得太實、太具體，不免拖沓繁冗；寫得太虛，又會失去具象而不著邊際。此詩妙在虛實結合，並加以典型化，很好地突出了姑蘇的動人之處。

滕王閣

王勃

滕王高閣臨江渚〔1〕，佩玉鳴鑾〔2〕罷歌舞〔3〕。

畫棟〔4〕朝飛南浦〔5〕雲。珠簾暮卷西山雨。

閒雲潭影日悠悠，物換星移〔6〕幾度秋。

閣中帝子〔7〕今何在，檻〔8〕外長江〔9〕空自流。

[註釋]

〔1〕江渚：水中陸地曰渚，此泛指江邊。

〔2〕鑾：一種鈴鐺。

〔3〕罷歌舞：歌舞休歇。

〔4〕畫棟：繪有彩畫的棟樑。

〔5〕浦：水邊。

〔6〕物換星移：時世景物的變化和推移。

〔7〕帝子：指當初修建此閣的滕王李元嬰。

〔8〕檻：欄杆。

〔9〕長江：大江，指贛江，非指專稱的長江。

作者王勃（649—676），字子安，唐初詩人王績的侄孫。原籍太原祁縣，移居龍門（今山西河津縣治）。其與楊炯、盧照鄰和駱賓王齊名，號為「初唐四傑」。

勝王閣，遺址在今江西省南昌市內的贛江邊上。唐永徽四年（公元653年），為唐太宗之弟勝王李元嬰都督洪州時營建，閣以其封號命名。勝王閣峙立大江邊上，「飛閣流丹，下臨天地」，氣勢頗為雄偉。故古代有「西江第一樓」之美稱。唐高宗儀鳳元年（公元676年），詩人去交趾探親，途經洪州（即今南昌市）。時值重九，洪州都督閻伯璵於閣中大宴賓客，為了顯示其婿才華，事先囑其撰文，以便於宴中誇耀。席上眾人知閻意，皆推辭不為。時王勃初至，不知其故，援筆而作，賦成《勝王閣序》。閻雖恚怒，然讀罷亦不得不稱其天才。本詩即是該序之末的繫辭。

詩的開頭兩句寫出登臨時的感受：高閣依然，而閣中卻幾度歌舞休歇，此是暗示自建閣至今人世的變移。接下四句，鋪開思緒，大筆寫景。透過「南浦雲」、「西山雨」、「閒雲潭影」、「日悠悠」、「幾度秋」等意象的鋪排，以一種令人應接不暇的快節奏的抒情速度來傳達人世滄桑的感受。結尾二句「閣中帝子今何在，檻外長江空自流」，既是歸結這首詩文的寫景，也是呼應開篇的暗示。全詩工穩，明麗，氣象高華，境界開闊，是一首難得的寫景佳作。

黃鶴樓

崔顥

昔人〔1〕已乘黃鶴去，此地空餘黃鶴樓。

黃鶴一去不復返，白雲千載空悠悠。

晴川歷歷〔2〕漢陽〔3〕樹，芳草萋萋〔4〕鸚鵡洲〔5〕。

日暮鄉關何處是，煙波江上使人愁。

[註釋]

〔1〕昔人：指傳說中騎鶴而去的仙人。傳說，古代仙人王子安曾乘鶴由此經過；又傳說，費文褘於此地駕鶴登仙。

〔2〕歷歷：清晰而分明可數的樣子。

〔3〕漢陽：地名，今武漢三鎮之一，與位於武昌的黃鶴樓隔江相對。

〔4〕萋萋：草豐茂的樣子。

〔5〕鸚鵡洲：長江中的一個洲名。東漢末年，名士禰衡被黃祖殺於此洲，因禰衡曾作《鸚鵡賦》，洲因此得名。鸚鵡洲後為江水沖沒，今已不存。

[導讀]

作者崔顥，唐代詩人。汴州（今河南開封）人。開元進士，官至司勳員外郎。早期詩多寫婦女閨情，浮艷輕薄。後歷邊塞，詩風變為雄渾奔放。其名作《黃鶴樓》，相傳為大詩人李白所傾服。有《崔顥集》。崔顥這首詩在唐代便已膾炙人口，傳說李白登黃鶴樓，見崔顥此詩，便雲：「眼前有景道不得，崔顥題詩在上頭。」竟不再作。宋代文學批評家嚴羽更說：「唐人七言律詩，當以崔顥《黃鶴樓》為第一。」

黃鶴樓遺址在蛇山黃鶴磯頭，樓因山而名。相傳，三國東吳黃武年間創建，後各代屢毀屢修，僅清代就重修了四次。清光緒十年（公元1884年）因附近失火延燒被毀。現樓，為武漢市政府於1984年重建。

律詩講求字句精簡，而此詩則「黃鶴」三次出現，且多有疊字：「悠悠」、「歷歷」、「萋萋」，但讀時卻絲毫不覺澀口或疲沓，而有迴環往復、一氣貫注之感。因黃鶴樓傳說故事極多，故作者開篇由此落筆，從寫縹緲的仙人黃鶴到寫眼前之悠悠白雲、萋萋芳草等景物，將古今天地渾涵融為一體。正是在這種環境氣氛的烘染中，詩人抒發了對故鄉的懷念。而「日暮」的「煙波江上」更造成一種令人神思無窮的迷濛悠遠的境界。

登岳陽樓

杜甫

昔聞洞庭水，今上岳陽樓。

吳楚〔1〕東南坼〔2〕，乾坤日夜浮〔3〕。

親朋無一字，老病有孤舟〔4〕。

戎馬關山北〔5〕，憑軒涕泗流〔6〕。

〔註釋〕

〔1〕吳楚：吳，指今江蘇、浙江；楚，指今湖北、江西、湖南。

〔2〕坼：裂開。《史記·趙世家》：「地坼東南。」

〔3〕乾坤句：乾坤，指整個大地。從岳陽樓上望去，洞庭波濤洶湧無際，使人感到宇宙間的一切似乎都浮在水面上。《水經注》：「洞庭湖廣五百里，日月若出沒其中。」《拾遺記》：「洞庭山浮於水上。」因此，杜甫之句寫的是洞庭本色。

〔4〕老病句：唐大曆三年（公元768年）詩人漂泊到岳陽

時，已57歲，身染肺病、風痺（風濕），出蜀以後，未曾定居，一直在水上漂蕩，以船為家，大曆五年（公元770年）病死於舟中，槁葬於岳陽，後遷葬於故鄉河南鞏縣。

〔5〕戎馬句：杜甫漂泊岳陽時，北方戰事正急，吐蕃10萬兵馬侵犯靈武，2萬兵馬寇邠，郭子儀將兵5萬，屯奉天，以防吐蕃，白天光、李抱玉各出兵擊之，故稱戎馬關山北。

〔6〕憑軒句：靠著軒窗遠望，不覺鼻涕眼淚齊下，可想見詩人老病漂泊，仍以國事為念。

［導讀］

作者杜甫（712—770），唐代偉大詩人。字子美，自稱少陵野老或杜陵野客，原籍襄陽（今屬湖北），其先代遷居鞏縣（今屬河南）。杜審言之孫。自幼好學，知識淵博。有遠大政治抱負。後漫遊各地，與大詩人李白相識。安史之亂前，寓居長安近十年，未能有所施展，生活貧困，逐漸接近人民，對社會現實有較深的認識。安史亂起，曾為敵軍所俘。逃至鳳翔，謁肅宗行都，拜左拾遺。因直諫忤旨，復改華州司參軍。不久棄官居秦州、同谷，極為窮苦。後移家成都，一度仕劍南節度參謀、檢校尚書工部員外郎。晚年攜家出蜀，病死湘江途中。其詩具有強烈的政治性，大膽揭露了當時的社會矛盾，對統治者的罪惡作了深刻的批判，對窮苦人民寄以深切同情；善於選擇具有普遍意義的社會題材，反映出封建政治的腐朽本質，表達了人民的願望。透過許多優秀作品，完整地顯示出唐代由開元盛世轉向分裂衰微的歷史過程，因此被稱為「詩史」。詩歌感情深厚，內容充實，善於運用各種形式，風格多樣，而以沉鬱為主，語言精煉，具有高度的表達能力。在繼承《詩經》以來優良文學傳統的基礎上，成為中國古代詩歌的現實主義高峰，在文學史上起著繼往開來的重要作用。有《杜工部集》。

岳陽樓，在岳陽市西最高處，始建於唐玄宗開元年間，而它的

前身則是三國吳大將魯肅的閱兵樓。它遠吞雲夢、俯瞰洞庭，自古有「洞庭天下水，岳陽天下樓」的美譽，與黃鶴樓、滕王閣並稱為「江南三大樓」。《輿地紀勝》引《岳陽風土記》：「岳陽樓，域西門樓也，下瞰洞庭，景物寬廣。」從樓上可觀瞻茫茫洞庭湖，水天一色，氣象萬千。唐代大詩人李白、杜甫等都曾登樓留題。宋慶曆五年（公元1045年），滕子京鎮守巴陵（即今岳陽市）時重修此樓，並請范仲淹撰寫《岳陽樓記》，自此岳陽樓名聲益顯。後幾經興廢，清同治六年（公元1867年）再建。主樓重檐盔頂，四面環以明廊，建築精湛，氣勢雄偉。新中國成立後，經幾次較大的維修，1983年又撥巨款對主樓及附屬建築物徹底翻修，其外觀更加宏偉壯麗。

唐大曆三年（公元768年）冬天，疾病纏身的杜甫從湖北的江陵、公安一路漂泊到湖南的岳陽。登上海內聞名的岳陽樓，面對萬頃碧波的洞庭湖，他抑制不住內心的欣喜，多年的渴慕，今日得遂！開頭兩句詩，正表現了他這種心情。三、四句描寫洞庭湖的景色：浩瀚的洞庭湖，正好把長江中下游平原上吳楚兩地分隔開來，太陽和月亮彷彿在湖中出沒浮沉。寥寥十字，描繪了一幅博大的畫面，異常典型地概括出了洞庭湖的壯闊氣勢。不愧為大手筆。然而境界的空闊，更加引起他的孤獨飄零之感。「親朋無一字，老病有孤舟」，這樣困窘、黯淡，與前面的寫景相襯，更顯得自己處境的難堪。

但杜甫畢竟沒有沉浸在個人的哀苦中。「戎馬關山北」，宕開一筆，把個人的身世之感與國家的安危、人民的疾苦聯繫在一起，愁上加愁，悲上加悲，雖最終仍是涕泗橫流，沉鬱哀嘆中卻顯示著極為博大的胸襟。

使青夷軍入居庸關（選一）

高適

匹馬〔1〕行將久，征途去轉難〔2〕。

不知邊地別〔3〕，只訝〔4〕客衣單。

溪冷泉聲苦〔5〕，山空木葉乾。

莫言關塞極，雲雪尚漫漫〔6〕。

〔註釋〕

〔1〕匹馬：一人一馬。

〔2〕征途句：是說征途歸去愈行愈難，極言邊關之險。

〔3〕不知句：別，區別。此句言不知邊地與內地氣候有別。

〔4〕訝．驚怪。

〔5〕泉聲苦：言天冷而泉水幽咽難流。

〔6〕漫漫：紛紛不停狀。

〔導讀〕

　　作者高適，字達夫，唐代詩人，德州蓨縣（今河北景縣）人。少貧寒，後為哥舒翰書記，歷官至淮南、西川節度使，終散騎常侍，封渤海縣侯，與岑參齊名，並稱「高岑」。此詩係詩人天寶九載（公元750年）冬，使青夷軍，還入居庸關時所作三首之一。

　　居庸關，在北京昌平區，距北京50多公里，是長城的一個重要關口，古代北京西北的屏障。兩旁高山屹立，重巒疊嶂，中有長達20公里的溪谷，俗稱關溝，地勢險要。傳說，秦始皇修長城時，將強徵來的民夫士卒徙居於此，叫做「徙居庸徒」，因而取名居庸關。漢代，也叫做居庸關。三國時，叫西關。唐代，有薊門關、軍都關之稱。遼、金、元、明、清各代，仍稱居庸關。為歷代

兵家必爭之地。因為山巒間花木蔥鬱，碧翠如浪，故有「居庸疊翠」之景，為燕京八景之一。關城內有雲臺，臺上原有三座喇嘛塔，塔在元末明初時被毀，明代在臺上建泰安寺，在清康熙年間也遭焚燬，現漢白玉塔基仍存，臺座有一南北向的券門，可通車馬。整個雲臺也是古代雕刻藝術的傑作。居庸關風景秀麗，有關溝七十二景之說。

居庸關的邊塞特色，在這首詩中被展示得異常鮮明。其中景物簡單，不過「溪冷泉聲苦，山空木葉干」而已，再加上「雲雪尚漫漫」，形成了邊塞詩蒼涼的基調。而邊塞詩多寫的是苦寒之地孤身行進間的獨特感受。

中呂山坡羊·潼關懷古

張養浩

峰巒如聚，波濤如怒，山河表裡〔1〕潼關路。望西都〔2〕，意踟躕〔3〕。傷心秦漢經行處〔4〕，宮闕萬間都做了土。興，百姓苦；亡，百姓苦。

〔註釋〕

〔1〕山河表裡：表是外，裡是內。《左傳》載：晉、楚之戰前，子犯勸晉文公決戰，說即使打敗了，晉「表裡河山，必無害也」。此處用以說明潼關形勢的險要。

〔2〕西都：漢以長安為西京，又稱西都。這裡泛指秦、漢及唐在此附近所建的都城。

〔3〕意踟躕：猶豫、徬徨、感慨。

〔4〕秦漢經行處：指沿途所看到的秦漢遺蹟。

作者張養浩，元代散曲家。字希孟，號雲莊，濟南人。曾官禮部尚書，陝西行臺中丞。正直敢言，曾以批評時政而為權貴所忌。後因辦理賑災，積勞而卒。諡文忠。工散曲及詩，多寫閒適生活，間也有反映現實之作。有《雲莊休居自適小樂府》、《雲莊類稿》。

潼關，在陝西省潼關縣，古稱桃林之塞，東漢時建關，從潼水而名。唐屬華陰縣，宋、元設鎮潼軍。此關雄踞秦、晉、豫三省要沖，是古代由洛陽通向長安的天險重關，歷來被譽為「三秦鎖鑰」、「四鎮咽喉」。「秦有潼關，蜀有劍閣，皆國之戶」（《春秋傳》），「畿內之險，唯潼關與山海關為首稱」（《山海關志》）。此關雄踞山腰，下臨黃河，谷深崖絕，中通羊腸小道，僅容一車一騎，人行其間，仰視懸崖，俯瞰洪流，險扼峻極，有「一夫當關，萬夫莫開」之勢，為兵家必爭之地。有史可考的戰事就達30多次，如著名的東漢末曹操與馬超之戰、中唐哥舒翰與安祿山之戰等。唐末黃巢農民起義軍及明末李自成大軍，也曾在潼關與統治者進行過殊死戰鬥。此關屢遭戰火，文物古蹟慘遭破壞，但歷經唐、宋、元、明、清，乃至民國的修葺，城垣保存基本完好。關牆高達30米，東、西、北城樓分踞一方，南、北水關樓遙相對峙，十分壯觀、雄偉。

作者把潼關形勢的險要和封建統治階級的罪惡緊緊結合起來寫。秦王朝和漢王朝興起的時候，統治者都曾殘酷地奴役人民為他們建築華麗的宮殿。而他們經常進行的戰爭，又往往使這些宮殿毀於一旦。這首曲透過「宮闕萬間」化為焦土，發出了不管封建王朝的興還是亡，都只會給人民帶來痛苦的慨嘆。弔古傷今，同情人民命運，這在元曲中少見的。「聚」、「怒」兩字，把「峰巒」和「波濤」表現得氣勢雄偉，「潼關路」的險要形勢，也就在這裡突

現出來。

長相思·夜宿榆關〔1〕

納蘭性德

山一程，水一程〔2〕，身向榆關那畔行，夜深千帳燈〔3〕。

風一更，雪一更〔4〕，聒碎鄉心夢不成，故國無此聲。

［註釋］

〔1〕榆關：舊時山海關為榆縣東門，故又稱榆關、臨榆關。明代在此設山海衛，故後改稱山海關。

〔2〕山一程，水一程：關之北為燕山餘脈之覆舟、兔耳二山，關之南為浩茫渤海。

〔3〕千帳燈：詩人隨康熙帝出關，此「千帳」顯然是指隨駕人馬的宿營帳幕。

〔4〕風一更，雪一更：風雪聲與守城部隊之更聲相伴和。

［導讀］

作者納蘭性德，字容若，清康熙年間殿試賜進士出身，任康熙的一等侍衛，曾隨康熙到過許多地方，江南塞北都留有足跡。擅詩詞，尤善文。王國維對他的詞作評價很高，在《人間詞語》裡說：「納蘭容若以自然之眼觀物，以自然之舌言情，此由初入中原，未染漢人風氣，故能真切如此。北宋以來，一人而已。」康熙二十一年（公元1682年），納蘭性德隨從康熙出山海關祭祀長白山，途中作此詩。

榆關，中國明代萬里長城東端的重要關隘。建於明洪武十四年（公元1381年），因此關北依燕山，南臨渤海，關在山海之間而得名。此關為東北與華北間的咽喉要沖，歷史上為兵家必爭之地，有「兩京鎖鑰無雙地，萬里長城第一關」之稱。題額「天下第一關」的城樓雄踞關門上，關樓巍然矗立。登臨其上，南眺渤海，波濤浩渺；北望長城，蜿蜒山巔，直插雲霄，令人心目怡霽，為之氣壯。

這裡強調的是一處行進間的感受，又是由「夜宿」而具體傳達的。語句上節奏緊迫，展開的空間卻不是很大，再加上憂煩零亂的心緒，故曲折細膩地表現了夜宿關隘之地時獨特情境，具有強烈的藝術感染力。

出嘉峪關感賦（選一）

林則徐

嚴關百尺〔1〕界天西〔2〕，萬里征人〔3〕駐馬蹄。

飛閣遙連秦樹直〔4〕，繚垣斜壓隴雲低〔5〕。

天山〔6〕巉削摩肩立，瀚海蒼茫入望迷〔7〕。

誰道殽函〔8〕千古險，回看只見一丸泥〔9〕。

〔註釋〕

〔1〕嚴關百尺：形容關城樓閣之高。

〔2〕界天西：成為天涯西部的界限。界，動詞，成為……界的意思。天西，也可理解為指新疆一帶。

〔3〕萬里征人：指自己，正跋涉萬里，謫赴伊犁。

73

〔4〕飛閣句：關上的樓閣遙連秦地（陝西）的樹，極言關塞控制形勢所及之遠。

〔5〕繚垣句：盤曲繚繞的長城把隴地（甘肅）的雲都壓在下面，極言長城的雄偉高聳。

〔6〕天山：橫貫新疆的山。

〔7〕入望迷：入眼望不見盡頭。

〔8〕殽函：即函谷關。殽山亦稱殽谷，在函谷關之東端，故函谷關亦稱殽函。

〔9〕一丸泥：有雙重意思，一是說函谷關雖稱險要，但比起嘉峪關，只是小巫見大巫；另一層是古人稱函谷關地勢險要，易守難攻，只須「一丸泥」就可封守函谷關。

［導讀〕

作者林則徐，字少穆，一字元撫，清代侯官（今屬福建省）人，嘉慶進士，道光時，任湖廣總督，以欽差大臣身份在廣州查禁鴉片，並焚英商鴉片200餘萬斤。英軍入侵，虎門陷落，清廷與英議和，並將林則徐謫戍新疆伊犁。此詩是他赴伊犁、過嘉峪關時感賦。

嘉峪關，在陝西省嘉峪山西麓，是萬里長城的西端終點，明洪武年間建。關城南為祁連山，雪峰如玉，綿亙千里；北為龍首山，與祁連山對峙，雄關高踞其間，兩側城牆橫穿戈壁，與兩山相連，形勢險要，自古為軍事要地。東西開門，均築城樓，門額刻「嘉峪關」三字，門外0.5公里處有石碑，上刻「天下雄關」四字。西面有磚砌羅城，東、南、北三面有土築圍牆，連接長城，城外有城，重關重城，在建築上便於固守，又十分雄壯。現已對外開放，供人遊覽。

此詩氣像極為開闊。在雄渾的空間和時間範圍內寫出了嘉峪關的險要風貌，且又抒發了蒼茫的歷史感受，是須有一定的胸襟與抱負。古往今來，「嚴關」上下，多少回攻奪守防，殺伐氣黑，戰馬嘶鳴，曾有多少悲壯激越的場面。然而，「誰道殽函千古險，回看只見一丸泥」；這哪還有半點充軍謫戌之人的幽怨呢？非林則徐不能為也。

劍閣

王佶

刀刓金城築不全，中留一線走西川。

雄關渴口先吞蜀，亂石排牙欲嚙天〔1〕。

止惡〔2〕周秦跨地利，空勞李杜送詩篇〔3〕。

將軍莫說泥丸塞〔4〕，多少降旗〔5〕插上邊！

[註釋]

〔1〕亂石句：嚙，咬。謂劍門山七十峰如牙齒排列，好像張口咬天一樣。

〔2〕止惡：只愧。

〔3〕李杜送詩篇：指李白《送友人入蜀》、杜甫《將赴荊南寄別李劍州》二詩。

〔4〕將軍句：泥丸，泥糰子。意謂劍關險塞在將軍眼裡不足稱道。攻守易如一丸泥就可塞住關口。

〔5〕降旗：投降之旗。

[導讀]

作者王佶，清代人。

劍門關，或稱劍門，在四川劍閣縣北的劍門山，扼川陝公路，為古蜀道要隘。劍門山即大劍山，古稱梁山。山脈東西橫亙，其七十二峰綿延起伏，形若利劍，高插雲霄。峭壁中斷處，兩山相峙如門，故稱劍門，中有棧道15公里，險阻難行，是古代蜀地通往長安、洛陽中原腹地必經之地。三國時諸葛亮相蜀，曾設兵戍守。關之巔有姜維城，遺址至今猶存。

善用比喻誇張手法，狀景抒情，層次明晰，情景俱勝，想像奇特。實為一首憑藉歷史陳跡與眼前景物來抒寫內心複雜情感的好詩。

念奴嬌·赤壁懷古

蘇軾

大江東去，浪淘盡，千古風流人物〔1〕。故壘西邊，人道是，三國周郎赤壁〔2〕。亂石穿空〔3〕，驚濤拍岸，捲起千堆雪〔4〕。江山如畫，一時多少豪傑。

遙想公瑾〔5〕當年，小喬〔6〕初嫁了〔7〕，雄姿英發。羽扇綸巾〔8〕，談笑間，檣櫓〔9〕灰飛煙滅。故國神遊〔10〕，多情應笑我，早生華髮〔11〕。人生如夢，一樽還酹〔12〕江月。

〔註釋〕

〔1〕浪淘句：感嘆千百年來所有傑出的人物都像滾滾浪濤，一去不復返了。

〔2〕故壘兩句：故壘，舊時的營壘。周郎，周瑜24歲就做了

吳國的中郎將，人稱周郎。此句說：人們指著故壘的西邊說，這就
是三國時周瑜大破曹軍的赤壁。

〔3〕亂石穿空：陡峭不平的石壁直插天空。

〔4〕捲起千堆雪：掀起無數的白浪。

〔5〕公瑾：周瑜的字。

〔6〕小喬：周瑜的妻子。《三國志·周瑜傳》：「孫策欲取荊
州，以瑜為中軍護領江夏太守，從攻皖，拔之。時得喬公（喬玄）
二女，皆國色也。策自納大喬，瑜納小喬。」

〔7〕初嫁了：初嫁之時。這裡是為了渲染周瑜少年英俊的形
象，並非赤壁之戰時小喬初嫁。

〔8〕羽扇綸巾：用鳥羽製作的扇子和有青絲帶的頭巾。

〔9〕檣櫓：桅杆和大槳，這裡泛指戰船。

〔10〕故國神遊：即「神遊故國」。故國指赤壁古戰場。

〔11〕華髮：花白的頭髮。作者寫這首詞時40多歲，故言早
生華髮。

〔12〕酹：把酒澆在地上祭奠。

[導讀]

作者蘇軾，著名豪放派詞作代表人物。這首詞是宋元豐五年
（公元1082年），詩人被貶黃州時所寫。詞中描繪了壯麗的山
河，詠嘆古代英雄人物的業績，抒發懷古之情，也流露出自己功業
未就的苦悶。把寫景、詠史、抒情三者融合在一起，氣勢豪邁，是
蘇軾所創立的豪放詞的代表作。

東坡赤壁在湖北黃岡（古名黃州），原是長江邊的一座小山，
崖石赭赤，狀如懸鼻，故名赤鼻山，也稱赤鼻磯。《大明一統

志》：「屹立江濱，截然如壁而赤色，亦稱赤壁。」它背山面江，風景秀麗，自唐宋以來，就是遊覽勝地。蘇軾因「烏臺詩案」被貶黃州時，常遊此地，留有前、後《赤壁賦》和《念奴嬌·赤壁懷古》等篇，從此黃州赤壁更是名揚天下。為與三國時期「赤壁之戰」的真實戰場——蒲圻赤壁相區別，清康熙年間重修時定名為「東坡赤壁」。

「東坡赤壁」不僅以「江山如畫」馳名海內外，而且以其詩詞之盛而著稱於世。滔滔大江，崢嶸亭閣，壯美的風光，雄奇的山石，加之與蒲圻赤壁同名，從而勾起人們對歷史故事的追憶，為歷代詩人提供了譜寫不盡的詩材，其中蘇軾的詩篇是「赤壁詩」的最高峰，也是「赤壁詩」中的千古絕唱。

作者因見長江滾滾東流，而聯想起千古風流人物的消逝，境界不凡。開頭兩句，總攝全詞精神，並把讀者從眼前壯景帶領到千古興亡的歷史氣氛中去。描寫赤壁景色，生動地展現出一幅形勢險要的長江天塹的畫面，顯示出赤壁確為兵家必爭之地。作者是以這些景物的雄奇來襯托歷史上風流人物的業績，以水石相搏所捲起的浪花來襯托英雄人物在鬥爭中所激發的雄姿的。而在這景物描寫中又滲透著作者豪邁的情緒，因而更加深了作品的感染力。

下闋作者筆鋒一轉，他所刻意描寫的英雄人物，就在赤壁戰場的雄奇壯麗的景色中出場了。當年，少年英俊的周瑜，力排眾議，統兵江邊，嚴陣以待。在談笑風生中，火燒赤壁，使曹操八十萬人馬「灰飛煙滅」。赤壁大戰的時候，周瑜才三十四歲，而蘇軾寫《念奴嬌·赤壁懷古》時已經是四十七歲了。當他想起周瑜在青壯之年就已做出這樣驚天動地的大事業，而自己年紀已這麼大了，還被貶謫黃州，連「簽書公事」的職權都沒有。想想別人，比比自己，怎叫他不發出嗟嘆呢？在蘇軾看來，人生不過像夢幻那樣短促，不如喝杯酒，同時，還奉敬江上的明月一杯吧！

這首詞氣勢雄偉奔放，跌宕有致，確實給讀者以境界開闊之感。儘管全詞落腳處是作者「早生華髮」和「人生如夢」之嘆，但這並不影響整首詞的高昂豪放的風格。

題烏江亭

杜牧

勝敗兵家事不期〔1〕，包羞忍恥是男兒〔2〕。

江東子弟多才俊，捲土重來未可知〔3〕。

〔註釋〕

〔1〕勝敗句：言勝敗乃兵家常事。不期，難以預料，不隨意志而定。

〔2〕男兒：男子漢大丈夫。

〔3〕江東二句：意思是江東多人才，項羽若肯回到江東，重新積蓄力量，捲土重來，再與劉邦爭霸也是可能的。此詩認為項羽自殺是不足取的，大丈夫應當雖敗不餒，忍辱負重，徐圖恢復。

〔導讀〕

作者杜牧（803—852），唐代著名文學家。字牧子，京兆萬年（今陝西西安）人。杜佑孫。太和進士，曾為江西、宣歙觀察使、淮南節度使幕府，歷監察御史、湖州刺史，後入朝為司勛員外郎，官終中書舍人。後人稱為「小杜」。以濟世之才自負，曾注曹操所定《孫子兵法》十三篇。感於藩鎮跋扈和邊疆多事，故詩文中多指陳時政之作。《阿房宮賦》及七絕詩《泊秦淮》等，借古諷今，寓意深遠。寫景抒情的小詩，也多清麗生動。一部分以縱酒狎妓為題材的詩，流於頹廢輕薄。有《樊川集》。

烏江亭，《括地誌》：「烏江亭即和州烏江縣是也。」即今安徽省和縣烏江鎮。《史記·項羽本紀》：項羽與劉邦在垓下大戰，兵敗，突圍且戰且退至烏江亭，身邊只有二十六騎。「於是項王乃欲東渡烏江，烏江亭長艤船待，謂項王曰：『江東雖小，地方千里，眾數十萬人，亦足王也。願大王急渡，今獨臣有船，漢軍至無以渡。』項王笑曰：『天之亡我，我何渡為？且籍與江東子弟八千人渡江而西，今無一人還，縱江東父兄憐而王我，我何面目見之？縱彼不言，籍獨不愧於心乎』……乃自刎而死。」

　　杜牧生活於唐後期的多事之秋，以平治天下為己任，素負大材，好談兵。故當他來到烏江亭，想像著一千多年前於此地結束的那場驚心動魄的楚漢戰爭，撫今思昔，寫下了這篇感慨很深的懷古詩。在詩中，詩人一方面對力拔山兮氣蓋世的英雄項羽表示了同情和惋惜；另一方面，我們實際上還可以看出其中寓含了詩人希望恢復大唐盛世的美好願望。杜牧詠史懷古詩多議論新穎，選取角度別緻，不落俗套，因此往往引起人們注意和爭論。對此詩中的觀點，宋王安石就曾寫有《烏江亭》，提出了針鋒相對的批評：「百戰疲勞壯士哀，中原一敗勢難回；江東子弟今猶在，肯與君王捲土來？」

過三閭大夫廟

戴叔倫

沅湘流不盡，屈子怨何深〔1〕。

日暮秋煙起，蕭蕭楓樹林〔2〕。

〔註釋〕

〔1〕沅湘二句：詩一開頭就寫出了愛國詩人屈原不盡的哀

怨，和沅湘的江水一樣綿綿不絕。屈原《九章·懷沙》：「浩浩沅湘，分流汩兮。修路幽蔽，道遠忽兮。」《史記·屈原列傳》：「屈平（屈原名平）正道直行，竭忠盡智，以事其君，讒人間之，可謂窮矣。信而見疑，忠而被謗，能無怨乎？屈平之作《離騷》，蓋自怨生也。」沅湘，沅水和湘水，都在今湖南境內，流入洞庭湖。

〔2〕日暮二句：寫三閭廟的景色，也寫憑弔時的感情，用的都是《楚辭》的典故。《九歌·湘夫人》：「裊裊兮秋風。」《招魂》：「湛湛江水兮上有楓。」

［導讀］

作者戴叔倫，字幼公，唐代潤州金壇（在今江蘇）人，官撫州刺史，為官政簡刑輕，頗有政績。此詩反映詩人對屈原的景仰，感情深摯。

三閭大夫廟、墓，又名屈子祠、屈原墓。祠廟在湖南汨羅縣玉笥山，建於漢代，是當時汨羅人民為紀念偉大的愛國詩人屈原而建。屈原，中國歷史上最早的一位大詩人，生於公元前340年，是戰國時楚國的三閭大夫，後遭讒去職，被放逐於沅、湘之間。秦兵攻破楚國郢都後，他含悲投汨羅江自盡，時間約為公元前278年。在屈原流亡漂泊期間，寫了著名的《九章》，即《惜誦》、《涉江》、《哀郢》、《抽思》、《懷沙》、《思美人》、《惜往日》、《橘頌》、《悲迴風》等9篇詩歌。在此之前，尚有《離騷》、《九歌》，均為中國最早的詩歌作品，對後世影響很大。1953年，世界和平理事會將屈原列為世界古代四大文化名人之一。屈子祠附近有騷壇、濯纓橋、桃花洞、獨醒亭等古蹟。屈原墓在玉笥山東北5公里的烈女嶺上，為高大的封土堆，矗立於山脊，遠望如小阜，有疑冢十二，一墓有石碑，上刻「楚故三閭大夫之墓」；另一墓前石碑，上刻「三閭大夫之墓」。

詩人來到屈原曾被放逐的地方，感到他的冤憤之情，正如這滔滔的沅湘之水，千年流淌不盡。詩要用形象，忌直說。詩人在有限的文字中，沒有更進一步地直抒胸懷，而是推情入景，以景總情：暮色中，寒煙漸起，血紅的楓林在秋風中蕭颯生聲……透過這種景物描寫，使詩人不能盡形於言的感情盡融於境象的巨大空間之中，令人回味無窮。鍾惺《唐詩歸》評得好：「此詩豈盡三閭？如此一結，便不可測。」

過秦始皇墓

王維

古墓成蒼嶺，幽宮〔1〕象紫宮〔2〕。

星辰〔3〕七曜〔4〕隔，河漢〔5〕九泉開。

有海人寧渡〔6〕，無春〔7〕雁不回，

更聞松韻切，疑是大夫〔8〕哀。

〔註釋〕

〔1〕幽宮：皇陵，始皇陵。

〔2〕紫宮：帝王宮殿。

〔3〕星辰：墓中所飾日月星辰。

〔4〕七曜：日、月、五星（水、木、火、金和土星）。

〔5〕河漢：墓中用水銀灌的百川、江河、大海。

〔6〕有海句：墓中用水銀灌的大海，人哪敢去渡？寧，豈，哪能？

〔7〕無春：據《三輔故事》：始皇陵中有金銀製成的鳧雁，但埋在地下沒有春天，哪能回來？

〔8〕大夫：指泰山上「大夫松」，為秦始皇遊泰山時所封。

[導讀]

作者王維，唐代傑出詩人、畫家。字摩詰，山西永濟人，開元進士。安祿山攻陷長安，被迫任職，後官至尚書右丞，故世稱王右丞。其描繪山水田園的詩歌，色彩鮮明，形象生動，狀物傳神，極見功力，形成其獨特的藝術風格。絕句亦多佳作，《送元二使安西》、《九月九日憶山東兄弟》，尤為有名。兼擅音樂，精於繪畫。善寫潑墨山水及松石，筆跡勁爽，風格似吳道子。北宋蘇軾讚為「詩中有畫，畫中有詩。」有《王右丞集》。

秦始皇陵，在陝西省臨潼縣東5公里的下河村附近。其東側1.5公里處，就是舉世聞名的秦始皇陵兵馬俑坑。陵墓冢高76米，周長2公里。經鑽探查明，陵園原有內外兩城，內城周長2.52公里，外城周長達6.26公里。從葬的兵馬俑坑可能有4個，現開挖而展出的只是其中之二。光從第一個兵馬俑坑出土的文物就達萬件，兵馬俑6000多個，與真人真馬同樣大小，陶制彩繪，按軍陣排列，栩栩如生。其規模之大，舉世未見，被稱為世界七大奇蹟之一。而在陵西500米處，還發現大量胥役葬坑，每坑5至4人，大都屈肢埋葬。從葬坑如此壯觀，主墓穴內就可想而知了。《史記·秦始皇本紀》載：「始皇初即位，穿治酈山，及並天下，天下徒送詣七十餘萬人，穿三泉，下銅而致椁。宮觀百官，奇器珍怪，徙臧滿之。令匠作機弩矢，有所穿近者輒射之。以水銀為百川江河大海，機相灌輸。上具天文，下具地理。以人魚膏為燭，度不滅者久之。」可見秦始皇是如何搜盡民脂民膏，為自己建造了這座空前絕後、富麗堂皇的陵墓。

秦始皇有雄才大略，結束戰國紛亂，建立起中國歷史上第一個

封建專制的國家，但他又像任何封建君主一樣，殘暴、奢侈。他生前耗費全國人力物力為自己營建空前巨大的陵墓便是典型的例子。作者在詩中，緊緊扣住歷史記載，描繪了想像中的始皇陵內的宏大景象，再寫出其仍不可避免的寂寞、孤獨和空冷。最後，頗有意味地寫道：墓前松聲陣陣傳來，似乎是那些曾被他封為五大夫的松樹在表達哀悼之情。全詩所體現的情緒並不明顯，似乎感嘆和憐憫更多於諷刺。

李白墓

白居易

採石〔1〕江邊李白墳，繞田無限草連雲。可憐荒壟〔2〕窮泉〔3〕骨，曾有驚天動地文〔4〕。

但是〔5〕詩人多薄命，就中〔6〕淪落不過君〔7〕。

〔註釋〕

〔1〕採石：即牛渚山。

〔2〕荒壟：即荒墳。

〔3〕窮泉：義同「九泉」、「黃泉」，指人死後深埋地下的意思。

〔4〕曾有驚天動地文：是說李白詩歌氣勢磅礴，天地都為之震動。

〔5〕但是：凡是。

〔6〕就中：其中。

〔7〕君：指李白。

作者白居易，唐代著名詩人。

李白墓，有兩處，一處在今安徽當塗縣青山（又名謝公山）西麓，一處在安徽馬鞍山翠螺山（原名牛渚山）山腰。按白居易詩中提到的「採石江邊」語，李白墓當指後一處。相傳，李白喝醉，跳江捉月溺死，衣冠落入江中，漁民撈起，初葬當塗採石鎮（今屬馬鞍山市）古神霄宮，後遷至翠螺山。事實上，李白於寶應元年（公元762年）十一月，「腐脅疾」卒於當塗，先葬於當塗龍山，後遷葬於不遠處的青山。乃因青山為謝朓常遊之地。

同為唐代偉大詩人，後世的白居易去拜謁先輩李白的墓地，那是自然不過的事了。詩開頭兩句，點明了李白墓的地理位置以及四周景物。荒田環繞，野草連雲，一片孤寂荒涼。可是這位深躺在墓地裡的詩人，生前曾創作了那麼多縱情浩歌的詩章。「驚天動地文」五字，高度概括了偉大浪漫主義詩人李白的文學成就。在這裡，身後的冷落與生前的巨大建樹，形成鮮明的對照。結尾一聯，是流水對，應連起來理解。這兩句既是對李白生前淪落、漂泊、命運坎坷的感慨，也是對一切正直詩人的命運的概括，其中也雜有詩人白居易自己的身世之感。

再題馬嵬驛（選二）

袁枚

到底君王負舊盟〔1〕，江山情重美人輕。

玉環領略夫妻味，從此人間不再生〔2〕。

不須鈴曲〔3〕怨秋聲，何必仙山〔4〕海上行。

只要姚崇還作相，君王妃子共長生〔5〕。

[註釋]

〔1〕負舊盟：唐玄宗曾與楊貴妃在長生殿七夕盟誓，願世世為夫婦，然而在馬嵬坡兵變時，為了安定軍心，就縊死了楊貴妃。

〔2〕玉環二句：是說楊貴妃領略了唐玄宗的負心行徑之後，恐怕再不願投生人間，與他來世結夫妻了。

〔3〕鈴曲：指唐玄宗入蜀途中所作悼念楊貴妃的《雨霖鈴曲》。

〔4〕仙山：陳鴻《長恨歌傳》載，唐玄宗對楊貴妃思念不已，有蜀地道士自言有法術，玄宗便命他尋覓楊貴妃之神靈。道士上天入地，四處尋覓，最後在東海蓬萊仙山找到。當然這只不過是文人們筆下生花的美好故事而已。

〔5〕只要二句：姚崇，唐玄宗開元年間的宰相，為人正直敢諫，他為相時政治清平，國力大盛，人稱「開元盛世」。兩句是說唐玄宗若能一直任用賢能，是不會出現安史之亂、馬嵬之變悲劇的。

[導讀]

作者袁枚，清代著名詩人，字子才，號簡齋，隨園老人，浙江錢塘（今杭州）人。乾隆進士，曾任江寧等地知縣。辭官後僑居江寧小倉山，築隨園。論詩主張抒寫性情，創性靈說，對當時影響很大。有《小倉山房詩文集》、《隨園詩話》、《子不語》等。

楊貴妃墓，在陝西省興平縣馬嵬坡。馬嵬在唐代本是一個驛站，天寶十五年（公元756年）六月，發生了歷史上有名的馬嵬之變，絕代佳人楊貴妃葬身於此地。楊貴妃，小字玉環，她不但姿容絕世，而且「才智明慧」，通音律，善歌舞，深得玄宗寵愛，冊為

貴妃，恩幸無比，其家人都被加官晉爵，兄楊國忠竟貴為宰相，一時勢傾朝野。天寶十四年（公元755年），安祿山以誅楊國忠為名起兵反叛，次年六月，潼關失守，唐玄宗倉皇出逃，行至馬嵬坡，三軍不進，殺死楊國忠，又迫使玄宗賜死楊貴妃，葬於道旁。長安收復後，玄宗自蜀歸來，無限傷感，密令將楊貴妃遷葬在馬嵬坡半坡上。現墓為一陵園，墓磚砌圓形，立「唐玄宗貴妃楊氏墓」碑，園內有歷代名人題詠碑刻多方，反映了對馬嵬之變和楊貴妃之死各不相同的觀點。近年墓園修葺一新，幽雅寧靜，遊人不絕。

　　馬嵬之變，實際上是唐玄宗迷戀女色、荒廢朝政、姑息養奸的結果。作者正是從這一點出發，對唐玄宗的所謂山盟海誓（七夕私誓）以及後來派方士尋找楊貴妃魂魄的行為，給予了深刻的諷刺。「到底」、「不須」、「何必」這幾句嘲諷極辛辣。「只要姚崇還作相，君王妃子共長生」，這兩句語氣雖平和，但揭示卻不謂不深刻，也算是一種曲筆生姿吧。

疏江亭觀新修都江堰

楊慎

疏江亭〔1〕上眺芳春，千古離堆跡未陳；

矗矗樓臺籠蜃氣〔2〕，當當原隰接龍鱗〔3〕。

井居需養非秦政〔4〕，則堰淘灘是禹神〔5〕。

為喜灌壇〔6〕河潤遠，恩波德水〔7〕又重新。

〔註釋〕

〔1〕疏江亭：在四川灌縣西玉壘山李冰祠下，今已不存。

〔2〕矗矗句：指李冰祠的宏偉氣勢。祠建於北齊，宋增祀李

冰之子二郎。近代重修稱二王廟。

〔3〕詹詹句：詹詹，平整。本句典出班固《西京賦》：「溝塍刻鏤，原隰龍鱗」，意思是由於渠水灌溉，大地如同龍鱗排比。

〔4〕井居句：典出《易·繫辭》，意思是汲水灌溉，有益民生，但這是出於太守李冰的主見，並非秉承秦皇朝之詔命，故云。

〔5〕則堰句：出自李膺《蓋州記》：「（李）冰又教民檢江立堰之法曰：深淘灘，淺則堰。」此「六字訣」成為歷代治水的原則，故以大禹比擬李冰。

〔6〕灌壇：張華《博物誌》說：姜太公為灌壇令，海神過路，「不敢以暴風雨過」。此處以姜太公擬李冰。河潤：河無泛濫之災。

〔7〕德水：指岷江水利造福於民。

［導讀］

作者楊慎，明代人。

都江堰，在四川灌縣（今都江堰市）城西岷江上游，是中國古代創建的一項巨大水利工程。戰國秦昭王時蜀郡守李冰父子率眾興建。岷江洶湧，經都江堰化險為夷，變害為利，出寶瓶口流入內江，造福農桑，使川西平原成為「水旱從入，不知饑饉，沃野千里，世號陸海」的天府。在都江堰岷江東岸的玉壘山麓，有紀念李冰及其子二郎的祀廟。創建於南北朝。建築依山取勢，朱檐飛閣，雄踞江邊，氣勢巍峨。

借物起興，寄情述理於物。水利工程，造福農桑，非比尋常物事，吟詠不可虛泛，既扣詠物之宗旨，又當力避滯於物。這首觀都江堰詩，其清健的情致，博大的氣象，深刻的哲理，都借助於溫和雅潔的語意和切近現實的用典表達了出來，理深而旨遠。

相如琴臺

盧照鄰

聞有雍容〔1〕地，千年無四鄰。

園院風煙古，池臺松檟〔2〕春。

雲疑作賦客，月似聽琴人〔3〕。

寂寂〔4〕啼鶯處，空傷遊子〔5〕神。

[註釋]

〔1〕雍容：謂司馬相如儀態文雅，舉止從容。《史記·司馬相如列傳》：「從車騎，雍容閒雅甚都。」雍容地，即喻指這裡是司馬相如的故址。

〔2〕檟：木名，即楸，常同松一起種在墳墓之前。

〔3〕雲疑二句：見天上的雲與月而思人。作賦客，指司馬相如。聽琴人，指卓文君。

〔4〕寂寂：冷清、落寞。

〔5〕遊子：指詩人自己。盧照鄰是文人，當年逸遊到蜀地。

[導讀]

作者盧照鄰，字什之，號幽憂子，唐代幽州範陽（今河北涿縣）人。曾任新都尉。後為風痺所困，投潁水而死。為「初唐四傑」之一。

相如琴臺與文君井，在四川邛崍縣文君井公園內，為當年卓文君當壚的酒肆故址。2000多年前，西漢文豪司馬相如客居臨邛故城，臨邛首富卓王孫之女新寡。相如文名蓋世，文君美艷絕倫。一

日卓王孫設宴招待相如及縣令王吉。酒酣後，相如撫綠綺琴，奏《鳳求凰》曲。文君聞曲心動，不顧禮教與世俗觀念，黈夜私奔相如，並在臨邛城內開了一家酒店，由文君當壚賣酒，相如滌器，傳為千年風流佳話。今在故址上修建了公園，園內有漢代風格的琴臺和漢代古井。

此詩狀景抒情，清疏峻潔，園院之色，傷逝之情，氣象高華而境界幽深，足顯唐人之神韻。

溫泉

魏起

泉源雲暖碧粼粼，火井〔1〕暗通地入秦。

一酌已消神女唾〔2〕，千秋難洗羯奴〔3〕塵。

山連太白〔4〕空多雪，池到華清別有春。

莫向此中談往事〔5〕，芙蓉楊柳亦傷神。

〔註釋〕

〔1〕火井：即指溫泉。傳說，驪山溫泉水是被女媧煉石補天時燒熱的。

〔2〕神女唾：據《三秦記》載：「始皇遇神女，戲不以禮，神女唾之，生瘡。始皇怖謝，為出溫泉洗除。」

〔3〕羯奴：指安祿山、史思明，他們本都是胡人。

〔4〕太白：秦嶺主峰。此處即指秦嶺，驪山係秦嶺支脈。「太白積雪」是關中八景之一。

〔5〕往事：指唐玄宗、楊貴妃以及後來華清宮因安史之亂而

頹敗之事。

[導讀]

作者魏起，元代人，生平不詳。

溫泉，即驪山溫泉，在陝西臨潼城南。泉水來自距地面1000米以下的深處，水溫常年保持43℃。此溫泉歷史悠久，早在西周時就已被發現，並有記載，距今至少已有2800多年。秦、漢、隋、唐以來，相繼在此大修宮室，一時蔚為大觀，與唐玄宗、楊貴妃名字聯繫在一起的著名的華清宮舊址，即在此處。溫泉水源石碑題詠很多。傳說「貴妃池」是楊貴妃洗浴過的芙蓉湯舊址。

清婉的筆調，揉以淡淡的哀情，讀來分外感人。應該指出，詩人的這種情感並不只是簡單的個人的感傷，其中蘊涵著深重的歷史內容，觸景生情，感慨繫之。在描寫上，實景、虛景、想像、議論、抒情起伏交融，極富表現力，頗有特色。

遊七星岩

馮恩

九十〔1〕春光得幾遊？花朝〔2〕佳麗〔3〕喜鳴騶〔4〕。

輕紅帶雨胭脂濕，積綠浮煙翡翠柔。

席地夭枝〔5〕因鬥勝〔6〕，挑燈古洞〔7〕為探幽。

更留一段東南境，天霽〔8〕重來到上頭。

[註釋]

〔1〕九十：九十天，指三春。

〔2〕花朝：舊俗農曆二月十二日為百花生日，稱為花朝。

〔3〕佳麗：指貴族婦人。

〔4〕鳴騶：貴族人家駕車出行。騶，養馬人，駕車者。

〔5〕席地夭枝：在嫩草上席地而坐。夭枝，初生的草。

〔6〕鬥勝：以物角勝，如鬥草、鬥棋、鬥茶等。此處似指鬥草。作者同題詩有「尋芳喜得郊原勝，鬥草歡騰士女嘩」句。古代民俗，五月初五有踏百草之戲。唐人稱鬥百草。

〔7〕古洞：七星岩中多岩洞，以石室為最。

〔8〕霽：雨止。

[導讀]

作者馮恩，明代人。

七星岩，又名星湖，在廣東肇慶市北郊，由7座陡峭的石灰岩山體組成，布列似北七星，故名。其風景以湖岩石洞取勝，有「七岩、八洞、五湖、六崗」之稱。諸岩北倚山崖，餘三面被湖水環抱，湖面460萬平方米，被蜿蜒交錯的湖堤劃為5個大湖，風景奇特、優美，有「桂林之山，杭州之水」的美譽。7座石岩從東至西依次名為：閬風、玉屏、石室、天柱、蟾蜍、仙掌、阿坡。山岩又多天然洞穴，如石室岩的石室洞、阿坡岩的雙源洞，洞中鐘乳瑰麗，下儲湖水，在燈光映照下，可乘艇遨遊。整個七星岩地區，銀湖黛峰，交相輝映。山麓堤畔建有各種亭、臺、樓、閣40餘座，為廣東著名的遊覽勝地。

這是一首優美的記遊詩。首聯兩句洋溢著歡快情緒，表現了對一路動人景色的喜悅；頸聯二句，更是以輕快婉秀的意象多角度多感受地傳景達情；胸聯寫事記趣，雖無高深立義，但詞語平實；結尾「更留一段東南境，天霽重來到上頭」，是客觀實情，但讀來直如欣賞國畫的留白藝術。

92

焚書坑

章碣

竹帛煙銷帝業虛〔1〕，關河空鎖祖龍居〔2〕。

坑灰未冷山東亂〔3〕，劉項原來不讀書。

[註釋]

〔1〕竹帛句：是說焚書的煙剛消散，秦朝就滅亡了。《史記·秦始皇本紀》載，三十四年（前213年），從丞相李斯請，「史官非秦記皆燒之；非博士官所職，天下敢有藏《詩》《書》百家語者，悉詣尉雜燒之；有敢偶語《詩》《書》者，棄市；以古非今者，族；吏見知不舉者，與同罪；令下三十日不燒，黥為城旦。所不去者，醫藥卜筮種樹之書」。竹帛，古代用竹簡絹帛書寫文字，指書籍。

〔2〕關河句：是說由於秦始皇失盡民心，雄壯險要的函谷關和黃河都未能拱衛他的統治。祖龍，指秦始皇。《史記·秦始皇本紀》集解：「蘇林曰：『祖，始也，龍，人君像，謂始皇也。』」始皇三十六年（前211年）秋，使者夜過華陰平舒道，有遮使者曰：「今年祖龍死。」前210年七月，始皇崩。

〔3〕坑灰句：諷刺秦始皇焚書坑儒的坑未冷，農民已經在山東起兵反秦。山東，指華山以東。秦始皇死後兩年，陳涉起義於山東，後來劉邦、項羽進軍咸陽，滅亡了秦朝。而當時起義軍的領袖，都不是讀書人。「坑灰未冷」，比喻從焚書到秦的滅亡，時間很短。

[導讀]

作者章碣，錢塘（今浙江杭州市）人，在唐代咸通乾符年間有

詩名，曾中過進士，唐亡後流落不知所終。此詩諷刺秦始皇焚書坑儒無助於維持他的統治。

坑儒谷，在陝西省臨潼縣城西南洪應村，是秦始皇當年坑殺儒生之處。秦始皇併吞六國，統一天下，四方畏服，疆土大擴，對中國是有一定貢獻的；但是他秉性剛戾，刑殺為威，而且窮極奢侈，橫徵苛役，民不聊生。此外，他為了防止人們借古非今，下令將天下詩、書、百家語，統統收集起來，集中焚燬。更有甚者，他為了消滅那些可能對他的暴政進行非議的讀書人「儒生」，竟將儒生大批坑殺，在坑儒谷一次就活埋了700人。他在驪山陵谷中秘密種了一些西瓜，瓜田下挖成大坑，上設機關。當瓜熟之時，他令儒生700人前去觀看瓜田，「諸生賢儒皆至焉，方相難不決，因發機，從上填之以土，皆壓，終乃無聲。」唐代為祭悼這些儒生，建立旌旗廟，後來廟毀，碑圮，現僅存殘破的唐刻儒生石像。但也有人認為此處為焚書坑。不過，「焚書」與「坑儒」這兩件事是密切關聯的，總之都是秦始皇暴政的歷史遺蹟。

此詩全用對比手法。在前兩句中，詩人將焚書與秦始皇的意願相對，指出焚書的大火反而燒空了統治者的基業，雖有山河關隘之險也無濟於事。後二句更是畫龍點睛的指出：真正推翻秦暴政的，並不是那些以古喻今而實際上是維護他統治的儒生們，而是他坑殺不盡的廣大不識字的農民。全詩雖然只有短短四句，卻頗耐咀嚼。

題大觀樓

趙藩

近華浦〔1〕上大觀樓，高壓滇南十四州〔2〕。

此日籌邊〔3〕何限事，憑欄無語對閒鷗。

掀翻蒙段〔4〕劫餘灰，金碧丹青壯麗開。

都在髯翁憑弔〔5〕裡，更誰樓上賦詩來？

[註釋]

〔1〕近華浦：大觀樓所在地，在明代又名太華浦，因隔池與太華山相對而得名。

〔2〕十四州：清時雲南有14個州。

〔3〕籌邊：是針對當時法人修築滇越鐵路，虎視眈眈，英人侵占片馬、江心坡事說的。

〔4〕掀翻蒙段：唐代統治雲南的是蒙氏，宋代是段氏。這裡借喻推翻清政府，建立共和。

〔5〕髯翁憑弔：指孫髯所撰大觀樓聯中早已預言封建制度的必然崩潰。

[導讀]

作者趙藩，字介庵，又字樾材，別號猿仙，雲南劍川人，白族，清末舉人，任四川按察使。

大觀樓，在雲南昆明市滇池東岸近華浦的大觀園內，與太華山隔水相望。明代黔國公沐氏曾在此建西園別墅，清康熙二十一年（公元1682年）建觀音寺，成為遊覽區，康熙二十九年（公元1690年）建此大觀樓，從此便成為文人墨客雅集之地。咸豐七年（公元1857年）此樓毀於兵火。現樓為清同治八年（公元1869年）重建。解放後將鄰近的李園、庚園、魯園、丁園、柏園併入成大觀公園，遂成今日規模。樓前門柱上有清學者孫髯所撰、趙藩所書的著名長聯。上聯為：「五百里滇池，奔來眼底。披襟岸幘，喜茫茫空闊無邊。看東驤神駿，西翥靈儀，北走蜿蜒，南翔縞素；高人韻士，何妨選勝登臨，趁蟹嶼螺洲，梳裹就風鬟霧鬢，更蘋天葦

地，點綴些翠羽丹霞；莫辜負四圍香稻，萬頃晴沙，九夏芙蓉，三春楊柳。」下聯為：「數千年往事，注到心頭。把酒凌虛，嘆滾滾英雄誰在。想漢習樓船，唐標鐵柱，宋揮玉斧，元跨革囊；偉烈豐功，費盡移山心力，盡珠簾畫棟，卷不及暮雨朝雲，便斷碣殘碑，都付與蒼煙落照，只贏得幾杵疏鐘，半江漁火，兩行秋雁，一枕清霜。」此聯膾炙人口，被譽為「古今第一長聯」或「海內長聯第一佳者」。

　　狀物言情，脫口而出，信手寫來，毫無雕琢藻繪，充分體現了詠物詩將詠物、言情、抒懷三者合一的特點。借物起興，寄情於物；秀氣神韻，得之天然，豈非滇池之興矣！

甲秀樓

江東之

明河〔1〕表淺水悠悠，新築沙堤接遠洲〔2〕。

秀出三獅〔3〕連鳳翼〔4〕，雄驅雙駿〔5〕踞鰲頭。

漁郎磯曲桃花浪〔6〕，丞相祠〔7〕前巨壑舟。

此日臨淵〔8〕何所羨，擎天砥柱〔9〕在中流。

〔註釋〕

〔1〕明河：南明河。

〔2〕遠洲：甲秀樓前之芳杜洲。

〔3〕三獅：甲秀樓為三重閣樓，每層瓦脊雕有雄獅。

〔4〕鳳翼：樓閣飛甍形似鳳翼。

〔5〕雙駿：浮玉橋頭一邊一只石雕駿馬，橋頭正接鰲磯。

〔6〕桃花浪：亦稱桃花水，意謂春水。

〔7〕丞相祠：甲秀樓有諸葛武侯祠，據傳為紀念諸葛亮收服孟獲而建。

〔8〕臨淵：《漢書·董仲舒傳》：「古人有言曰：『臨淵羨魚，不如退而結網。』」

〔9〕擎天砥柱：指甲秀樓。

[導讀]

作者江東之，字長信，明代安徽歙縣（今安徽旌德縣）人，萬曆進士，曾以右金都御史巡撫貴州，首建甲秀樓於萬曆二十六年（公元1598年），崇文飭武，興利除弊，有惠政，受人敬仰。

甲秀樓，在貴陽市南明河鰲磯之上。鰲磯是南明河中的一塊巨石。明朝萬曆年間巡撫江東之在此築堤聯結南岸，並建一樓以培風水，名曰「甲秀」，取「科甲挺秀」之意。天啟元年（公元1621年）焚燬，總督朱燮元重建，更名來鳳閣，復毀。清康熙二十八年（公元1689年）巡撫田雯重建，復用甲秀樓舊名。樓有閣三重，飛甍刻桷，頗稱傑構。歷乾隆、光緒、宣統三朝，或增建，或重修，規制仍存原貌。樓立江中，右依觀音寺、翠微閣，是雲木蕭疏、琳宮堆燦的「南郭勝景」所在；前有清雍正十年（公元1732年）和嘉慶二年（公元1797年）鑄的大鐵柱2根，各長3米以上，六面有字，是鄂爾泰開古州、勒保平南籠的「銘勛」遺蹟。下為浮玉橋，如長虹臥波，橫亘江流。

所見之景，由大到小，由遠而近，再由近及遠。結尾兩句，情景交融，虛籠作收。全詩以景起，以景結，筆觸曲折而畫面疏蕩。

四季斑斕

子夜四時歌〔1〕

民歌

春歌

春林花多媚，春鳥意多哀。

春風復多情，吹我羅裳開。

夏歌

田蠶事已畢，思婦猶苦身。

當暑理絺服〔2〕，持寄與行人。

秋歌

秋風入窗裡，羅帳起飄颺。

仰頭看明月，寄情千里光。

冬歌

淵冰厚三尺，素雪覆千里。

我心如松柏，君情復何似？

〔註釋〕

〔1〕《子夜歌》是晉宋齊梁時代流行於江南的民間歌曲，《樂府詩集》把它們編在《吳聲歌曲》類中，保存了四十二首。「子夜」不是「半夜」的意思，它是個姑娘的名字。相傳晉朝時

候，有一個名叫「子夜」的姑娘，創造了一個哀怨的曲調，因而就稱為《子夜歌》。《子夜歌》的發展，分春歌、夏歌、秋歌、冬歌，以抒發一年四季的生活情感。後世人在酒會奏樂時，就配合季節，選唱相應的歌曲，稱為《四季行樂詞》。現在還保存了春歌二十首，夏歌二十首，秋歌十八首，冬歌十七首，共七十五首。這裡，我們分別各選一首。

〔2〕絺服：指細葛布做的衣服。絺，細葛布。

[導讀]

《春歌》是用一個少女的口氣，寫她在春光明媚、春風駘蕩之時，偶爾來到園中遊賞。園子裡非常寧靜，她沐浴著溫柔和煦的陽光。樹林裡滿是春花，姹紫嫣紅，開成一片，多麼媚人的鮮花啊！她俏立在花樹下面，那枝頭的鳥兒，正清脆悠揚地歌唱著，聽後使她感到有些悲哀。就在這當兒，那多情的春風，卻有意無意地吹開了她的羅裳。她含情脈脈地陶醉在撩人的春色中。這首歌的前兩句寫景，景中寓情。花的「多媚」，鳥的「多哀」，都是透過視覺、聽覺而獲得的心靈上的感受。後兩句寫情。借春風吹動羅裳，寫少女含而未露的懷春之情。詩的意境是非常美好的。

《夏歌》是思婦之詞。詩中的是一位因丈夫遠行未歸而懷思的鄉村婦女。在南朝樂府民歌中，寫農村女子的思怨之作極少，所以這首歌非常可貴。詩的前兩句寫她的幽怨：麥子已收割了，秧苗也插齊了，蠶兒結成了繭，繭子也繅成絲了。整整的一個春天，她盼望丈夫歸來都沒有如願，現在農事蠶事都完畢了，她還在辛苦地勞累著，可見她的內心是怨抑的。後兩句說：儘管時令已接近盛夏了，她還得趕著料理葛布單衣裳，以便早日寄給她所懷思的人。她盼望他及早回來，卻又生怕他此刻沒有單衣裳而受到暑熱。她的心情是矛盾的，但又是深情的。

《秋歌》也是一首女子懷人之詞。在一個月光皎潔的夜晚，她

倚窗佇立，秋風吹進了紗窗、吹進了她的懷抱，她的羅帳也被風吹得飄颻起來。夜是靜謐的，窗外月光如水。她抬頭凝望著一輪明月，懷思著遠方的情人，在這般蜜也似的銀夜，不由得使她感到輕微的涼意和獨守深閨的淒清。她很希望月光能把她的相思，寄給千里之外的情人。這首《秋歌》寫得情景交融，在和諧美妙中又帶著些淡淡的哀愁。舉頭望月的形象和悱惻的情思，都洋溢在歌詞中。

　　《冬歌》是一首婦女歲暮懷人之詞。天寒地凍，冰雪載途。潭中已經結上了厚厚的堅冰，白雪覆蓋著千里的原野。女主角凝情遠望，此刻除卻山上的松柏，依然保持蒼翠之外，其餘的一切似乎都改變了。因此，她有感於松柏的經冬不變，覺得自己的心也像松柏一樣，可是她更希望她愛人的心也同樣地堅貞不變。但是她心裡有些害怕，因而唱出了她憂慮的心情。

代春日行

　　鮑照〔1〕

　　獻歲發，吾將行〔2〕。春山茂，春日明。園中鳥，多嘉聲。梅始發，桃始榮。汎舟艫，齊棹驚。奏《採菱》〔3〕，歌《鹿鳴》〔4〕。風微起，波微生。弦亦發，酒亦傾。入蓮池，折桂枝〔5〕。勞袖動，芬葉披。兩相思，兩不知。

　　［註釋］

　　〔1〕鮑照（約415—470年），字明遠，今山東郯城縣人。家世清貧。鮑照之詩氣骨勁健，語言精煉，詞采華麗，常常表現慷慨不平的思想感情。南北朝時期最傑出的詩人，七言詩在他手裡有顯著的發展，對唐代詩人影響很大。他的活動遊覽地區主要在中國的北方地區。他的詩中，多大漠風光，邊塞風情，如「疾風沖塞

起，沙礫自飄揚」等。其主要作品有《代東武吟》、《代出自薊北門行》、《擬行路難》等。

〔2〕獻歲發，吾將行：獻，迎也。全句的意思是：迎來了一歲之始，我將出遊了。

〔3〕《採菱》：是指採菱女吟唱的民歌。

〔4〕《鹿鳴》：《詩經·小雅》首篇，是燕樂賓客之歌，所以下文有「弦亦發，酒亦傾」之句，說明泛舟遊樂者中至少有一名男性。

〔5〕桂枝：是「桂林一枝」之省文，即喻出類拔萃，在這裡就是喻荷花池中最鮮艷美麗的花朵。但荷花也要夏季開放，與詩題和全文之寫春日不符，故仍不能實指，而是意想那是春池中一枝絕艷。

[導讀]

這是中國不多見的三言樂府詩。全詩二十二句都是三言短句，作者如果沒有巧妙的構思，高超的藝術技能，是很容易寫得呆滯的。但這首詩卻寫得跳躍朦朧，色彩斑斕，音韻和諧，聲色並艷，情景交融。

首二句「獻歲發，吾將行」，就寫得很好。用了一個「獻」字，一個「將」字便把詩寫活了。它的內涵自然是在那冰封嚴寒的日子裡，我早就盼望萬物更新的春天了，現在終於迎來，良辰豈能讓它逝去，我將要出遊玩賞了。這個歲的變化，就不只是周而復始的自然現象，而是加上了詩人的急切心情，塗上了濃厚的感情色彩。

「春山茂」到「桃始榮」六句寫春景：春山草木繁茂，春日明媚和煦，園中百鳥爭鳴，梅花未謝而桃李爭艷。一切都是那麼美麗，那麼醉人！但從春山春日寫到園囿，寫到花鳥，既是出遊，又

不完全是出遊；既是實寫，又像是詩人的想像，寫得虛虛實實，迷離恍惚，更增添了幾分詩的意境、詩的情趣。

「汛舟艫」到「芬葉披」十二句寫泛舟，說是輕舟飛渡，奏《採菱》之曲，歌《鹿鳴》之詩，舉觴飲宴，採摘鮮花，勾畫了一幅令人神往的春遊圖。所有這一切均用第一人稱，似乎即「吾將行」之「吾」的遊記，而這個「吾」，一時是男，一時又是女。可見，這一大段也寫得實實虛虛，朦朧得很，是詩人豐富想像力的藝術表現。

詩的結句「兩相思，兩不知」，雖是樂府詩的常套，但在這首詩裡，從文義看，收結得很突兀，似乎與全詩不銜接。只有反覆吟詠，置身於如此良辰美景之中，想到那些青年男子縱酒高歌的豪爽氣概，那些青年女子輕展芳袖摘取桂枝的裊娜多姿，怎不相互動情、收舟回家後輾轉難寐呢？那麼，他們和她們的「兩相思」便是自然的結果了。這種「兩相思」只是由偶爾在春湖泛舟中邂逅相逢所引起的，既無秋波送情，更未互贈信物；即不知所思之人的姓氏，更不知他或她是否也思念自己，所謂「兩相思」其實是單相思，徒嘆奈何了。轉瞬又是春去秋來，風霜煎迫，只在個人的心中留下美好的嚮往和回憶。男女戀情如此，推而廣之，人之一生在學問、友情、事業等方面又何嘗不是如此。人，總有自己的春天，有自己的歡樂、追求和嚮往，而所有這些都是暫時的一瞬，永恆的則只有美好的回憶。從這個角度分析，鮑照此詩在一片歡樂氣氛中最後點染上一點淡淡的哀愁，使詩的意境在爽朗中含著深沉，給讀者以更高的藝術享受。

秋登宣城謝朓〔1〕北樓

李白〔2〕

江城如畫裡，山晚望晴空。

兩水夾明鏡，雙橋落彩虹。

人煙寒橘柚，秋色老梧桐。

誰念北樓上，臨風懷謝公。

[註釋]

〔1〕謝朓（464—499），字玄暉，南朝齊代陳郡陽夏人，做過宣城太守，世稱「謝宣城」。他寫了許多優美的山水詩，造語工麗，風格清俊，如名句「餘霞散成綺，望江靜如練」等。

〔2〕李白（701—762），字太白，自號青蓮居士。祖籍隴西（今甘肅天水附近）。他誕生在中亞的碎葉域（今塔吉克斯坦境內）。在峨眉讀過書，學過劍，二十多歲出川江下，遊湖北、湖南、江蘇、山東、山西、安徽、浙江各地，寫了許多詩篇，四十多歲到京都長安奉翰林讀，在洛陽他和另一位大詩人杜甫結識，同遊山東，以後又在全國各地遊歷多時，最後死於當塗。在當塗青山，現存有「太白墓園」，為遊覽勝地。李白鍾情山水，「一生好入名山遊」，幾乎走遍了大半個中國。在他的詩詞中，旅遊詩占了很大的比重，祖國的名山大川，一經他的描繪，就更加雄偉壯麗，氣勢磅礴，強烈地激發人們熱愛祖國美好河山的思想感情。

[導讀]

宣城乃江南佳麗之地，不僅依山傍水，秀美宜人，有可賞之景，而且又是南朝名郡，留有古蹟，亦引人登覽。謝朓北樓即其一。唐玄宗天寶十二載（公元753年）秋，李白客遊到此，遂寫下這首古今傳誦的五律。

詩的首聯寫秋日傍晚，登上敬亭山謝朓北樓，眺望碧空夕陽，整個江城宛如畫圖。景象明麗壯闊，氣韻高遠，嘆賞之情油然而

生。頷聯先寫水光：江城的宛如溪、句溪二水相匯，澄澈猶如明鏡；而跨水上的鳳凰、濟川兩座橋，則像空中彩虹降落人世間。「夾明鏡」，寫盡登高鳥瞰雙溪合流之態，而「落彩虹」之「落」，更可謂神來之筆，將靜物寫得神采飛動，瀟灑飄逸，「如畫」之景頓出，愈顯太白所特有的清新俊逸之風範。頸聯再寫山色：於冷露秋霜、橘柚橙紅之中，又用夕陽西下、薄暮曦微時，水鄉山野最富典型特徵的炊煙，使景像在寧靜中又增添了生氣、活力，而秋色深沉、枝幹挺拔的梧桐，更顯老而彌堅。此聯一如上聯，屬對精工，自然勁健，一「寒」一「老」，聲調鏗鏘，不僅再次突出了秋天江城的「如畫」美景，色彩明燦，生機盎然，而且也景中融情，委婉含蓄地暗寓自己的高風亮節，最為人所激賞。尾聯，生發感慨，總結全篇。既嘆知音之稀，又在緬懷先賢之中，表達了自己的高潔之志，真是思緒萬千，言盡而意無限。

絕句（選二）

杜甫

江碧鳥逾白，山青花欲燃〔1〕。

今春看又過，何日是歸年？

［註釋］

〔1〕「江碧」二句：江碧鷺白，山青花紅，襯托得春日耀彩。「鳥」，指白鷺，水鳥。

［導讀］

本詩是杜甫在戰爭動亂中飄流到西南一帶時，面對優美江山而抒發的旅懷鄉思。首二句是一幅淡妝濃抹、色彩勻稱的風景畫，頗

能引人遐思。試想，碧綠的江水襯托著水鳥的羽毛，愈顯得潔白純淨；青翠的山巒襯托著鮮紅的花朵，簡直像燃燒著的火焰。多麼旖旎，多麼燦爛！其間用上一個「逾」字，借襯托而顯露其顏色；用上一個「欲」字，由擬人更突出其姿態。進而把「江」、「鳥」、「山」、「花」四種實物塗上一層碧綠、青翠、瑩白、緋紅的油彩。景色清新，沁人心脾。緊接著筆意一轉，出現了第三句「今春看又過」，三春景物雖好，但已匆匆飛逝，觸景生情，著力地勾出了第四句「何日是歸年」。春歸人未歸，沉沉的傷感，縷縷的離愁，一筆湧出，發自心靈深處。言已盡而意無窮，使人置念不已。

晚春

韓愈

草樹知春不久歸，百般紅紫鬥芳菲〔１〕。

楊花榆莢無才思，唯解漫天作雪飛〔２〕。

［註釋］

〔１〕「草樹」二句，意思是無論木本草本花卉，它們好像知道春日即將結束，紛紛怒放。「芳菲」，花草的芳香。

〔２〕「楊花」二句：意思是柳絮、榆錢沒有鮮艷的色澤和芳香，只懂得在春風中漫天飛舞。「楊花」，即柳絮。「榆莢」，榆樹在生葉前，枝條間先生榆莢，老時變白色，隨風飄落，也稱榆錢。

［導讀］

群芳怒放，萬紫千紅；楊花榆莢，到處飄舞：這是一幅晚春圖。

百花為何競芳吐艷？楊花為何漫天雪飛？因為它們知道春天就要過去了，這又是一首惜時曲。

作為晚春圖，這首詩充滿了昂揚蓬勃的生意；作為惜時曲，這首詩洋溢著催人奮發的精神。就表層意思而言，說楊花榆莢「無才思」，像缺少才華的平庸之人；說它們「唯解漫天作雪飛」，別無其他所長，自然非貶莫屬。然而即就晚春圖而言，楊花榆莢恐亦未必可少。雖然它們沒有艷麗的色彩，但這不正是對「百般紅紫」的群花的一種陪襯嗎？何況大地萬紫千紅為美，空中飛飄如雪又何嘗不美？何況對晚春來說，楊花榆莢又是最有資格的代表。對於惜時曲，楊花榆莢則更有其獨特的作用。它們不畏人譏，不自藏拙，竭盡所能，為晚春增光添色，這種精神，不是與能夠「百般紅紫鬥芳菲」的群花一樣可敬、一樣可嘉嗎？所以，如果說詩人對楊花榆莢的態度是不無貶抑的話，那麼也是貶中有褒，抑中有揚，甚至可以說是明貶而實褒，明抑而實揚。

秋詞（選一）

劉禹錫

自古逢秋悲寂寥〔1〕，我言秋日勝春朝〔2〕。

晴空一鶴排〔3〕雲上，便引詩情到碧霄。

［註釋］

〔1〕「自古」句：從戰國末期宋玉的《九辯》中「悲哉秋之為氣也，蕭瑟兮草木搖落而變衰」以後，歷代文人悲秋的詩文數不勝數。寂寥：寂寞、蕭條。

〔2〕春朝：春天。

〔3〕排：猶言「沖」。

[導讀]

　　這首詩的精神在後兩句。這兩句將不可捉摸的、不著邊際的秋興，落實到一個具體的形象上，給人一個可感的、運動著的、吸引著詩人的詩情，從而也吸引著讀者的心情騰入秋空的超脫意境。試想晴空一碧，秋高氣爽，一鶴沖霄而起，該給秋天帶來多美妙的詩情畫意！在這種拓人胸襟、發人遐思的詩情畫意面前，前兩句的秋光之美的說法才得到了證實，原來的空泛之詞一下子增添了生氣。

　　「一鶴排雲上」只是一幅景，「詩情到碧霄」則是一段情。最美麗的景也只是客觀自在之物，只能引起視覺上的愉悅，人們會說：「瞧，一隻鶴飛起來了，多好看！」如此而已。倘若景能牽動情，將人的精神活動燃亮，使景物染上主觀色彩，也即是說，一旦獲得了情，意義便大不相同，它由目觀而進入心賞，喚起的就遠遠不只是對外形上的單純造景之美的賞領，而是要攪動人的記憶、想像，乃至匪夷所思的豐富的精神反應了。這些出現在人的思想感情中的反應可以包括眾多的方面和層次，繁複的色調和意象，而且一個引出一個。劉禹錫在這裡把「一鶴排雲上」喚起的難以言宣的情思概括為「詩情」，包羅萬象的詩情，真有「說盡心中無限事」之妙。

春題湖上

白居易

湖上春來如畫圖，亂峰圍繞水平鋪。

松排〔1〕山面千重翠，月點波心一顆珠〔2〕。

碧毯〔3〕線頭〔4〕抽早稻，青羅裙帶展新蒲〔5〕。

未能拋得杭州去，一半勾留〔6〕是此湖。

〔註釋〕

〔1〕松排：指松樹都排成排了。

〔2〕月點句，指月在波的中心點畫出自己的形象來，像一顆珠子一樣既明光又圓潤。

〔3〕碧毯：指稻田像青綠色的毯子一樣。

〔4〕線頭：稻苗的尖，像毯子的線頭一樣。

〔5〕蒲：水邊草，青碧色，故有青蒲、翠蒲、碧蒲等稱謂。其葉細長如蘭。

〔6〕勾留：指逗留不去。

〔導讀〕

「湖上春來似畫圖」，這句首先指明地點是「湖上」，時間是「春來」，主角——作者總的感覺是此時此地「似畫圖」，就是美得很，是很可愛的。「似畫圖」是觀感，這觀感由何而來？「亂峰圍繞水平鋪」，這就是以所見的這總的形勢回答了這個問題。「亂峰」就是眾多的山峰，「圍繞」就是把西湖圈起來成為了一個獨特的境地。而此中的水呢？像平平地鋪開一樣，平靜得很。這兩句是初看時的總的形象和總的感覺，再細看：

「松排山面千重翠」，峰是高的，層面是多的，多少層面就排上了多少排松樹，松色翠所以說「千重翠」。「千重翠」是概數，實數起來，也許多，也許少，不管實際多或少，作者這句是以欣賞其美的心情說的。

「月點波心一顆珠」，前句是遠看，是四周看；這句是近看，

108

是上下看，而且說的是夜航。月能自己點畫，是動態的美。上句「松排」，「排」也是動詞，是松自己排成排。若把「松排」看作名詞和這句「月點」就不對仗了。

「碧毯線頭抽早稻」，這是看了西湖之後又看堤外，見那早稻密密層層地長得好極了，而且那稻苗的尖，像毯子的線頭一樣，在水足的情況下，像有人抽一樣往上長得很快。這是多麼欣喜的心情呀！

「青羅裙帶展新蒲」，這是由堤外回看到湖邊。作者對湖邊是極為喜愛的。全句是說，湖邊新生的蒲草，葉青綠光澤如羅綺，正在往裡伸展，真像婦女們繫裙的帶子一樣。

以上六句，全是說西湖的可愛。「亂峰圍繞」，自成境地，可愛；「水平鋪」，可愛；真的「似畫圖」，多美；再細看：松排千重翠，多美；月點一顆珠，更美；遠看堤外，早稻青碧；近看湖邊，新蒲展綠。真是無處不美，無處不可愛呀，所以結句說：「未能拋得杭州去，一半勾留是此湖！」結尾兩句是蘊有作者對西湖的摯愛之情的。全詩八句四韻，全是詠讚西湖春來之美，全是抒發作者對西湖愛戀之情。但全詩無一美字，而處處是美的形象；全詩無一戀字，而句句是戀的深情。

採蓮子（選一）

皇甫松〔1〕

船動湖光灩灩〔2〕秋，貪看年少〔3〕信船流〔4〕。

無端〔5〕隔水拋蓮子〔6〕，遙被人知半日羞。

〔註釋〕

〔1〕皇甫松：在唐代詩人中是填寫歌詞的熱心者，也是創始者之一。從《全唐詩》收錄他的十三首詩來看，他那模仿民間曲調的創作傾向是顯而易見的。

〔2〕灩灩：水面波光閃動的樣子。

〔3〕年少：即少年。

〔4〕信船流：任船隨水而流。

〔5〕無端：突如其來。

〔6〕蓮子：民歌中諧音「憐子」，是表示愛慕的隱語。

[導讀]

「船動湖光灩灩秋」，開篇七字就把我們引進南國水鄉採蓮時節的詩境。不從靜觀中得景，卻從船行中出景，逼著我們的視線跟著船走，由此看到灩灩水波映出的秋色就不是呆板的背景，而是充滿生機與動感的畫面。

這湖水已寫得很美很活，必有一個所謂伊人在水一方吧，她正在貪看一位英俊少年，因看得出神，竟忘了划槳，任憑小船逐波流去。這一筆將情竇初開的採蓮女的痴憨若失的情狀描摹得淋漓盡致，活靈活現。用字也省到無可再省，容貌姿態服飾一概不提，只寫眼神和任船自流，巧妙地襯托出了採蓮女那時的心理狀態。「貪看」二字確實是很傳神的。

然而神情的凝滯並不意味心潮的平靜。大膽熱情的採蓮姑娘當機立斷，抓起一個蓮蓬隔水向岸上的「年少」拋去。儘管她事後也許會為自己這一輕佻的舉動後悔，但在當時無論如何是克制不住的。「無端」，「無緣無故」，即「為什麼我無緣無故……」（其實是「有緣有故」），是代言姑娘自責的口氣，正是對這種微妙心理的生動刻畫。詩中用諧隱，南朝以來民歌中屢見不鮮，「採蓮」

110

為主題的詩無疑更具有使用這種修辭手法的方便。

最後讓我們來看蓮子拋過之後的結局。「遙被人知半日羞」，不意剛才的舉動被人家窺見，羞得姑娘無地自容，半日也抬不起頭來。這種巧妙的情節安排、戲劇性的轉折和深入到人物內心的心理刻畫，更見作者的藝術功力。

採蓮曲〔1〕

李康成〔2〕

採蓮去，月沒春江曙〔3〕。翠鈿紅袖水中央，青荷蓮子雜衣香，雲起風生歸路長。歸路長，那得久，各回船，兩搖手。

[註釋]

〔1〕採蓮曲：南朝梁天監十一年（512年），武帝改南方民歌《西曲》製成《江南弄》七曲，《採蓮曲》為七曲之一，內容多描寫江南水鄉風光，包括採蓮女子勞動生活及純真愛情等等。

〔2〕李康成：是與李白、杜甫同時的唐代詩人，曾撰有《玉臺後集》。這首《採蓮曲》即襲用樂府舊題而作，清新淑麗，頗富生活情趣。

〔3〕曙：曙色，指霞光。

[導讀]

「採蓮去，月沒春江曙」。漫漫長空，涼月西沉。東方地平線上泛起幾道霞光，頓時煙消雲散，江天分明。從放眼無垠的荷葉盡頭，一葉木蘭小舟，輕棹逐波，欸乃而來。透過「沒」、「曙」二字的轉換，點出了採蓮的時間，為主角的上場活動，預設下一個晴明綺麗的環境。

「翠鈿紅袖水中央，青荷蓮子雜衣香」。這兩句概括了大量的採蓮活動。當接二連三的採蓮船從各自方向來到這風光明媚的現場時，紅顏綠鬢，粉團錦繡；鶯聲燕語，呼喚嬌柔。你棹向東，我棹向西，往來劃行，有如穿梭。撥開荷葉，現出飽滿的蓮蓬。採呀，採呀，你追我趕，忙得熱火朝天。這時天幕澄清，艷陽當空，水光人影，掩映成趣。你仔細看看，碧波中蕩漾著多少頭插金翠花、挽起紅袖管的倩影；你仔細聞聞，青青荷莖上摘下香噴噴的蓮子，又拌和著採蓮女所特有的少女芳馨。前句著「色」，後句添「香」，把這幅夏季採蓮圖勾勒得生動活潑，矯健喜人。

「雲起風生歸路長」，是一個轉折句。暮雲乍起，晚風吹涼，歸路甚遠，宜及早返還。採蓮船上的姐妹們，滿載著青青的蓮蓬和豐收的喜悅，放舟歸去。

本詩名為《採蓮曲》，實際是一幅採蓮圖，也像電影中的一個特寫鏡頭。月沒、江曙、雲起、風生寫景；翠鈿、紅袖、青荷、蓮子狀物；路長、回船、搖手抒情。

豐樂亭〔1〕遊春（選一）

歐陽修

紅樹青山日欲斜，長郊春色綠無涯。

遊人不管春將老〔2〕，來往亭前踏落花。

〔註釋〕

〔1〕豐樂亭：位於今安徽省滁縣西南琅琊山幽谷泉上，是歐陽修在慶曆六年（公元1046年）主持興建，並撰文《豐樂亭記》敘寫豐樂亭來歷及其奇妙的景緻。此詩所敘更細於文，抒一年四季

景中之最——春天，酣暢淋漓地寫絕了豐樂亭春日的奇景奇情。全詩共有三首，都是描繪豐樂亭盎然的春意，卻毫不雷同，各盡風流，或借春，或醉春，本篇選析的是第三首，表現作者的戀春之情。

〔2〕春將老：指暮春時節。

[導讀]

首聯展示出一幅賞心悅目的絢麗景色：豐樂亭建立於蒼蒼翠翠的青山之上，作者登高遠眺，恰能將四周景緻盡收眼底，俯視山下，只見萬木蔥蘢之中，灼灼紅花開得爭奇鬥妍，為這濃郁得化不開的春綠平添幾分俏麗。此時已近黃昏，太陽慢慢斜進山谷，淡淡的餘暉將一片金色均勻地灑在青山紅樹之中，幾絲溫馨寧靜之情不寫自現。次句：極目望去，只見遠處廣闊的郊野，芳草萋萋，猶如滔滔綠海，一眼望不到盡頭，令人不禁心曠神怡。

次聯則收回視線落在近處的豐樂亭前：春景將逝，落英繽紛，而遊人卻不顧這些，為了不負春天所賜一片深情，依然紛紛藝藝來往於豐樂亭前賞花，踏在墜落遍地的花上，心中惋惜，唯願留住美好的春日麗質，讓她永不凋謝。這種踏花取樂的情調，反映了歐陽修達觀開朗的心境，即使春將老至，花謝而墜，也不放棄大自然最後的恩賜，不僅自己陶醉其中，還用醉人的詩篇把它展示出來，從而使讀者也走進一個清新雅緻的茫茫綠海之中。

全詩清朗明麗，風流蘊藉，景中有情，情中有景，情景交融。雖是小惜春之詩，卻不一步三嘆，而是透過暮色中賞暮春這一情節表現作者淡淡的惋惜，從而寓示出作者纏綿悱惻的惜春之感。

春日

秦觀

一夕輕雷落萬絲〔1〕，霽光〔2〕浮瓦碧參差。

有情芍藥含春淚，無力薔薇臥曉枝。

[註釋]

〔1〕萬絲：指細密的春雨。

〔2〕霽光：指雨過天晴出現的陽光。

[導讀]

　　秦觀以「春日」為題寫了五首絕句，這是其中的一首，說的是一個春天，一夜雷聲輕輕，細雨如絲，朝來雨過天晴，一洗塵埃，萬物清新，而最突出的還是那屋上被雨水洗過的綠色的琉璃瓦，在朝陽的映射下，亮光閃爍，色彩斑斕，鮮艷奪目。不過那反光耀眼，也令人眼花，不宜注目久視，也許就是這個原因吧，詩人的目光由上而下，於是他看到庭院裡的花（芍藥與薔薇）。此刻的花，已不是「獨立濛濛細雨中」的花，也不是陽春白日、迎風招展的花，而是雨後之花，當然雨後之花，也非一姿一態，一夜風雨之後，既有「收紅拾紫無遺落」，也有「雨晴紅粉齊開了」。這裡攝取的既不是「落」，也不是「開」，而是朝陽初放、雨珠未乾、枝葉斜垂的芍藥和薔薇。應該說類似的景象，在別的詩裡也是可以見到的，比如「桃紅復含宿雨」（王維《田園樂》），還有「弱柳千條杏一枝，半含春雨半垂絲」（溫庭筠《題望苑驛》），這些鏡頭也可以稱得上細膩生動，但畢竟只是對花姿柳態作單純的、直接的刻畫，而秦觀則別出心裁，用擬人的手法、富於感情色彩的語言，加以曲折形容——有情含春淚，無力臥曉枝，嬌姿弱態，栩栩如生，想像奇麗，字字含情。

　　秦觀的這首小詩在這個萬物生輝的天地中，也只寫了雷雨、陽光和花枝這些春日常見之景，其不尋常之處，在於詩人能敏感地抓

住特定的情況下景物的聲、光、色、態，並融入自己的想像和情感加以描繪。這樣單獨地看，每一種景物都有獨特的美的形象、美的特徵；合起來看，又是一個和諧的整體，它們相互依存、相互作用，共同地創造出一個特色鮮明、氣韻生動的「春日」之境，顯示了詩人對美的發現與表現的藝術才華。

初夏午睡起

楊萬里

梅子留痠軟齒牙，芭蕉分綠上窗紗。

日長睡起無情思，閒看兒童捉柳花〔1〕。

［註釋］

〔1〕柳花：指揚花的柳絮。

［導讀］

　　這裡楊萬里大量描寫自然景物的詩裡最有名的作品之一，其優點：第一是景物寫得好；第二是煉字很精緻；第三是切題。「梅子」、「芭蕉」、「柳花」，這都是春末夏初的景物，都是本地風光，信手拈來，自然就合乎季節特徵了。這種靠「直尋」而不靠「補假」的作詩方法，顯示出楊萬里師法自然的特點。

　　作者不是一式描寫這三樣景物，而是一個著重描寫它的味，一個著重描寫它的色，一個著重描寫它的態。這樣，在短短四句裡構成的景物形象，就很豐富了。在這裡，作者除了使用「酸」、「綠」等表味、表色的字眼以外，動詞的使用是最出色的。一個「留」字，一個「分」字，把梅子的「酸」、芭蕉的「綠」，擴散到更大的範圍，使人感到一片酸、一片綠。「留」字把「酸」和人

的味覺器官聯繫起來，「軟齒牙」的寫法再現了「酸」的味覺，真是使人口涎欲滴。「分」字把芭蕉的「綠」和「窗紗」聯繫上，窗紗本來不是綠色的，但由於芭蕉把綠「分」給了它，這樣一則強調了芭蕉本身綠得可愛，一則增加景色的柔和感，因為綠色本來是最柔和、最悅目的顏色，窗紗既然「分」到了綠色，其他東西當然也可以「分」到綠色，這就使周圍充滿一片綠色了。這是太陽光的作用，沒有陽光，不能把顏色映射到另一件物體上，甚至也顯不出顏色本身；因此，這裡雖然沒有直接寫到天氣，也可以感覺到天氣的一片晴朗。還有，「綠暗紅稀」本來是夏天和春天的顯著區別，這樣寫，初夏景物的特徵就很明顯。因此總的來說，這個「留」字和「分」字都是用得精緻而不費力的，好像信手拈來，但實在又非常工巧。

「日長」一句，可說是很概括地把題目點了出來。這是敘述句，和其餘三句的描寫句有區別，後者是訴於形象的，而這句是訴於理性的；不過它可以把其他幾句組織起來，使通篇的意思緊緊圍繞著一個中心。

「閒看」一句，是睡起後看到的景象。這個動作是有意識的，是比較持久的；而「兒童捉柳花」這一景象，是用極平常的手法寫出來的，如果沒有這一句，那麼「梅子」兩句分開來看儘管還是名句，但全詩卻不算名篇，因為它缺少了動景，而這一句恰好補足了這一缺陷。這首詩所寫的雖然是極平常的生活情趣，但寫得如此自然而工致，把梅子、芭蕉等常見的景物寫得如此富有詩意，藝術上的成就是很高的。

秋聲

陸游

人言秋聲難為情，我喜枕上聞秋聲。快鷹下韝〔1〕不觜〔2〕健，壯士撫劍精神生。

我亦奮迅起衰病，唾手便有擒胡興〔3〕。

弦開雁落詩亦成，筆力未饒〔4〕弓力勁。

五原〔5〕草枯苜蓿〔6〕空，青海蕭蕭風捲蓬。

草罷捷書重上馬，卻從鑾駕〔7〕下遼東。

[註釋]

〔1〕韝：縛在手臂上的皮革，又稱臂衣，獵者常讓鷹棲息在臂衣上。

〔2〕觜：同嘴。

〔3〕我亦二句：用了一個典故，出自《新唐書·褚遂良傳》，「唾手可取，意謂極容易辦到。」

〔4〕未饒：不亞於。

〔5〕五原：指漢代五原郡，治所在今內蒙古自治區五原縣。

〔6〕苜蓿：俗稱金花菜或稱草頭，可作馬的飼料。

〔7〕鑾駕：皇帝乘坐的車子。

[導讀]

陸游的《秋聲》開頭兩句一反前人悲秋之情懷，借秋聲抒發了自己的豪興。一葉驚秋，多少人面對秋景難以控制悲涼的心情，而陸游則於枕上喜聞秋聲。詩人與其說喜聞秋聲，不如說終於盼到「沙場秋點兵」的時刻！詩人化用前人詩句直抒胸臆，又有所開拓。詩中說壯士撫摸自己的寶劍，神采奕奕，就像獵鷹撲向獵物一樣，它的嘴和爪非常銳利。詩人說自己精力充沛、變得不衰老、不

病弱了，毫不費力，便可把敵人捉來。奮迅，奮發迅疾。「弦開」二句：是反襯手法。勁，堅強有力。詩人說筆力不亞於弓箭，弦開雁落，詩也寫成了。實則反襯武功不減當年，仍是箭不虛發。接下來兩句是寫景也是抒情。儘管五原的草已經枯黃，馬的飼料也沒有了，青海湖畔只聞風捲蓬草的蕭蕭之聲，環境艱苦，但詩人豪情更濃，想像自己又馳騁疆場、殺敵報國的情景。詩人寫畢了報捷的文書重新上馬，跟隨著皇帝的車駕繼續北進。陸游生活在民族矛盾異常尖銳的南宋，他二十歲便立下了「上馬擊狂胡，下馬草軍書」的宏志。由於南宋統治集團的腐朽昏庸，使他空有報國之志而無用武之地。因此，他的詩中常常充滿了悲憤激昂的基調。他不消沉，也不空發牢騷，而是充滿了浪漫主義的豪情。「他不但寫愛國、憂國的情緒，並且聲明救國、衛國的膽量和決心。愛國情緒飽和在陸游的整個生命裡，洋溢在他的全部作品裡；他看到一幅畫馬，碰到幾朵鮮花，聽一聲雁唳，喝幾杯酒，寫幾行草書，都會惹起報國仇、雪國恥的心事，血液沸騰起來，而且這股勢潮沖出了他白天清醒生活的邊界，還泛濫到他的夢境裡去。這也是在旁人的詩句裡找不到的」（錢鍾書《宋詩選注》P191～192）。

　　《秋聲》採用七古的形式，一韻到底，音韻鏗鏘。這種形式適於表現大喜、大悲、大怒一類奔放、豪宕、勃不可遏的情感，以傾吐抑塞不平之氣。

正月十五日夜

蘇味道

火樹銀花合，星橋鐵鎖開。

暗塵隨馬去，明月逐人來。遊妓皆穠李，行歌盡落梅〔1〕。

金吾〔２〕不禁夜，玉漏〔３〕莫相催。

[註釋]

〔１〕遊妓二句：這裡是用桃花和李花的穠艷，形容婦女容顏服飾之美。即：歌妓們濃妝艷抹，載歌載舞，一邊走，一邊唱著《梅花落》的曲調。

〔２〕金吾：本為儀仗棒，此處借指京城裡的禁衛軍。

〔３〕玉漏：指計時用的精緻華美的漏壺。

[導讀]

這是一個萬民同慶、熱鬧非凡的狂歡之夜。詩篇以夜為背景，酣暢淋漓地再現了京都長安元宵佳節的繁華景觀。

首聯「火樹銀花合，星橋鐵鎖開」，極寫花燈之盛，縱觀總攝，真切地渲染了喜慶的節日氣氛。你看，在那叢林掩映的高樓廣廈，在那寬敞通達的街衢兩旁，放眼望去，到處都張燈結綵，五彩繽紛，明滅錯落的花燈將它斑駁的影子撒落在整潔的街面上，如碎金屑銀一般耀眼，令人心神搖盪。平日晚間冷落森嚴的城門也撤去了鐵鎖，換上了節日的盛裝。護城河畔，燈影閃爍，那凌空飛架的天橋上此時此刻也點綴著無數的明燈，星星點點，有如天上的街市。這裡詩人只攝取「火樹」、「銀花」和「星橋」三個獨具特徵的事物，就喚起了讀者對元宵之夜的整個輪廓的聯想，詩人的眼光是獨到的。

首聯沒有寫人，而人的活動已隱約其中，火樹銀花為誰而設，星橋鐵鎖為誰而開，其意已明，如織的遊人也早已被詩人安排在畫面之中，故「暗塵隨馬去，明月逐人來」，顯得既緊湊，而又自然、巧妙。這燈光輝煌的佳節，正是皓月當空的良宵。過往的車馬揚起的塵埃在喧囂的街市中悄無聲息地落去，而一浪高過一浪的人潮在燈影明月的照映下顯得分外精神。這一聯對仗工整卻不露痕

跡，一「去」一「來」，傳神寫照，與上一聯的一「合」一「開」互相呼應，形成鮮明的流動感與空間感，生動地寫出了元宵之夜車水馬龍、熙熙攘攘的景象。

前兩聯如行雲流水，靈巧活潑，從特定的視角鳥瞰了節日的都市，緊接著第三聯便轉換角度，把目光落在打扮得花枝招展的歌妓們身上，歡慶佳節，她們自然成了人們矚目的中心。她們欣賞著自己的美麗，更加愜意自得。詩句透過這個特寫鏡頭向讀者展示了一個色彩絢麗、內容豐富的喜慶場面。

時光在歡聲笑語中悄悄地流逝，長安城裡這一年一度的元宵之夜就要匆匆地過去了。然而看燈的人們樂而忘返，流連踟躕，久久不肯歸去。這時詩人以飽含感情的語調道出了遊人們發自肺腑的心聲：「金吾不禁夜，玉漏莫相催。」這一聯詩人以無限留戀的心情，試圖阻止更漏的催促，挽留住這美好的時光。這當然是一種浪漫的設想，但它卻真實地傳達了遊人們普遍的心理。

九月九日憶山東兄弟

王維〔1〕獨在異鄉為異客，每逢佳節倍思親。

遙知兄弟登高處，遍插茱萸〔2〕少一人。

〔註釋〕

〔1〕王維（701—761），字摩詰，唐代河東（今山西永濟縣）人。王維是唐代享有盛名的詩人。精通音律，擅長書畫，這使他的詩既富於音樂美，又富於畫意。蘇軾稱他「詩中有畫，畫中有詩」。他的山水田園詩，清新淡遠，意在言外，尤有特色。如「空山不見人，但聞人語響。返景入深林，復照青苔上」、「明月松間照，清泉石上流」、「深林人不知，明月來相照」、「大漠孤煙

直，長河落日圓」、「勸君更盡一杯酒，西出陽關無故人」、「江流天地外，山色有無中」等。

〔2〕茱萸：植物名，民間有插茱萸避禍消災的風俗。

[導讀]

在這篇作品中，詩人著重抒寫思鄉情杯，故而全詩格調樸素淳厚，感情真切自然，充分表達了一個遊子的心聲。首句先說明詩人當時的身份和處境：遠離親人，獨自在外，儘管身居繁華的京都，但畢竟是人地兩生，無所依傍。對詩人來說，此地難與故鄉相比，故為「異鄉」；對此地來說，詩人是外鄉人，故為「異客」。兩個「異」字連用，使人倍覺淒苦。第二句中的一個「倍」字，既點明了在「每逢佳節」這一特定背景下的心情，也暗示了平日裡長久的思念。當然，每到喜慶佳節，這種感情就會變得更加執著，更加強烈了。此句體現全詩主旨，是作品的中心句，也是承上啟下的過渡句。它既作為結果承接上文，又作為總領引起下文。實際上，接下去的兩句就是該句內容的進一步具體與深化。詩中第三、四句運用形象化的寫法，透過重陽節「登高」、「插茱萸」等活動，襯托出兄弟團聚、只少一個的情景。這雖然只是詩人的一種「遙知」假想，卻巧妙地同時描摹出兩個方面的情形：一方面是詩人在外過節，無限懷念家鄉的兄弟；另一方面是眾兄弟在家過節，難免想起出外的大哥。在這兩者之中，前為實寫，後為虛寫。詩人把實和虛結合起來，以實帶虛，以虛襯實，就十分真切地表現了兄弟之間的相互思憶，而且也更加細緻生動地體現出自己的內在感情。

寒食〔1〕

韓翃

春城無處不飛花，寒食東風御柳斜。

日暮漢宮傳蠟燭，輕煙散入五侯家。

[註釋]

〔1〕寒食：是一個節令，傳說是為了紀念春秋時期的介子推功成不受祿、寧可燒死在山上也不肯出仕而進行的民間祭祀活動。這一天民間禁止煙火，吃現成的食物。而寒食節又正當春天，景色宜入，於是許多詩人寫下了不少讚詠寒食節的詩篇。中唐詩人韓翃的這首詩，便是其中寫景與描繪當時風俗俱佳的詩篇。

[導讀]

首句洋溢著春天的氣息，這裡用「無處不」的雙重否定形式，描繪了一幅到處鮮花盛開的春景，這裡的「飛」字，使得整個畫面富有動感，讓人體會到春天的旋律，而且整個畫面彷彿豁然開闊起來，使人置身於一片花海中。「寒食東風御柳斜」點明具體的時節和地點。東風吹拂下的依依垂柳，是皇城長安特有的景色，「東風」一詞又照應了首句的「飛花」。這樣淡淡的幾筆勾勒，便展現了暮春時節萬紫千紅、五彩繽紛、柳絮飛舞、落紅無數的景象。

三、四兩句，筆鋒一轉，集中描寫日暮時分的長安城景色。寒食節普天之下一律禁火，唯有得到皇帝的許可，才是例外。除了皇宮，貴近寵臣也可以得到這份恩典。「日暮」兩句，正是寫這種情事。日暮，夜色已漸漸降臨，正是華燈初上的時刻，但由於寒食例行禁火，平時煙火璀璨的京城，便顯得特別幽暗、寧靜。很快，人們終於看到了光明，首先是皇宮，亮著燭光，這是一種靜態的美，然後，是經皇帝特許的「五侯」也可以傳準點燭，但是火種必須由宮廷傳出，一個「傳」字，帶有一種連續的動感，彷彿使人望見燭火的星星點點，一直漸遠漸逝，繼而燃起一處處光亮。「輕煙散入」四字，生動地描繪出一幅宮中走馬傳燭圖，雖既未寫馬，也未

寫人，但那裊裊的輕煙，使人嗅到了燭煙的氣味，聽到了馬蹄聲，看到了夜空中像流星飄拂的星星點點燭火，恍如身歷其境。

　　整首詩的畫面富有一種跳躍感，一種動感，而這種動感與寧靜的長安城結合起來，便具有一種動靜結合的特點。整個長安城禁止煙火，但皇宮和貴族大宅卻可以點燭，那麼整個長安城的黑暗，襯上星星點點的燭光，燈火奪目的高宅深院，便顯得特別地美。這首詩，以極其凝練的形式，反映了寒食節時長安的風土人情和社會現象，是一首不可多得的佳作，具有永久的藝述魅力。

清明

杜牧

清明時節雨紛紛，路上行人欲斷魂〔1〕。

借問酒家何處有，牧童遙指杏花村。

〔註釋〕

〔1〕欲斷魂：指因雨給人帶來不便，由此引起的煩悶。

〔導讀〕

　　清明佳節，細雨綿綿，詩的首句正是抓住了這一節令特徵，創造出一個特定的環境。著墨不多，景象逼真，不失自然。倘若聯繫下句來看，這「紛紛」兩字，也可說不單是寫雨狀，而是詩人沉湎於其景，領悟到其理，自然而然生出的煩亂愁緒，多少染上了自然濃重的感情色彩。清明正是家人團聚、上墳掃墓的節日。這個時候行旅在外，上路時又趕上下著！細雨，行人心境的紛亂自可想像。「斷魂」兩字，承上補足了一筆，和盤托出行人此時的感受。因這些感受全是源於「清明」「細雨」的特定環境和氛圍，所以淡雅的

景緻、深沉的情感在詩人的胸間、筆端相互滲透、相互交融，從而使此詩具有獨特的藝術風格。

正當愁感難遣之時，詩巧妙地戛然而止，最後以一問一指驟然作結。由寫景情轉而寫一問一指的舉動，脈絡舒暢，正顯示出行人心理活動的發展變化。景催情生，而那情是如此令人壓抑、難消，自然又會想到借酒消愁，於是便會「借問酒家何處有」。不寫牧童的正面答覆，而以「遙指」入詩，「此處無聲勝有聲」達到了極佳的靜場效果。「遙指」意即指著遠方，它造成了一種空間感，使讀者得以盡情地馳騁藝術聯想力，以自然的想像去填補這空白的時空。「問」和「指」為人的動態，是實寫。此後的詩人情緒變化、各種行為以及所見景物一概略去，則是虛寫。這種虛實相間的手法的巧妙運用，不僅使詩歌剪裁得體，無繁冗之累，更重要的是使詩的內涵更加深廣，意境更加開闊，進而增強了藝術感染力。

社日〔1〕

王駕

鵝湖山下稻粱肥，豚柵〔2〕雞塒〔3〕半掩扉。

桑柘影斜春社散，家家扶得醉人歸。

［註釋］

〔1〕社日：是古時農村祭祀土神的節日，立春、立秋後第五個戊日舉行，分別叫做春社和秋社。

〔2〕豚柵：豬圈。

〔3〕雞塒：雞籠。

［導讀］

《社日》儼然國畫中的水墨小品。作者採用白描手法，選取四個富有特色場景，巧妙地勾勒出一幅豐富多彩的「農村風俗畫」。

　　本詩儘管點明是寫春社，但寫景選擇的意象指向性並不明確，似乎包含著秋社。春社在夏曆三月，江西一帶，秧苗正在培育，高粱剛剛出土，「稻粱肥」顯然是秋天的景象。這樣寫提高了詩歌在時間上的跨度，擴大了詩歌的容量，契合全詩的主旨。作者題名「社日」，真是匠心獨運。

　　詩的第一句採用遠鏡頭描寫。「肥」字活靈活現地表現了稼將熟時的情態，似乎使人嗅到了濃郁的稻香，看到了紅高粱的秀色。稻粱又與鵝湖山相襯，不僅色彩絢麗，而且稻粱如山，一片「五穀豐登」的景象。第二句，採用近景特寫鏡頭描寫農家豚柵、雞塒。「半掩扉」是指豚柵、雞塒的門半開半掩。用半開半閉的靜態化去豚、雞出出進進的動態，於靜中見動，別有一番情味。從內容上說，「半掩扉」暗示了「六畜興旺」。從情韻上說，全敞開顯得太直露，全關閉又顯得太板滯，毫無生氣，唯有半掩，才情致微妙，意味無窮。這兩句詩一遠景、一近景，相映成趣，寫出農家生機勃發、意趣盎然的環境，為詩中主角的出場製造氣氛。豐收興旺年景，自然心情歡暢，社日的紅火、熱烈可想而知。

　　三、四句，詩人選擇社日宴會結束後的場景：夕陽西下，桑柘影長，家家扶著醉人而歸。著一「扶」字，把酒醉之情態，表達得淋漓盡致，堪稱神來之筆。作者不正寫宴會的熱烈，而寫宴會後人們的醉態，使想像進入了奇妙的藝術境界。這種避實就虛的手法令人遐思無限、回味無窮。詩人便將現實中最為激動、最為熱鬧的社日的頂點從詩中推開，採用富有暗示性的景調動讀者的想像，從而達到了最為理想的藝術境界。

元日〔1〕

王安石

爆竹聲中一歲除〔2〕，春風送暖入屠蘇〔3〕。

千門萬戶瞳瞳〔4〕日，總把新桃換舊符〔5〕。

[註釋]

〔1〕元日：農曆正月初一。

〔2〕一歲除：一年過去了。除，逝去。

〔3〕屠蘇：用屠蘇草泡製的酒。古代風俗，農曆正月初一，全家要先幼後長飲屠蘇酒，慶賀新春。

〔4〕瞳瞳：形容太陽初升光輝燦爛的景象。

〔5〕新桃換舊符：用新桃符換下舊桃符。桃符，一種繪有神像掛在門上避邪的桃木板，每年元日更換。桃符後世演變為春聯。

[導讀]

這首七言絕句大約是王安石於宋神宗初年（公元1070年）初拜宰相、推行變法時寫的。

這首詩的大意是說，在劈劈啪啪的鞭炮聲裡，舊的一年過去了。和煦的春風徐徐吹來，地暖人歡。大家圍坐暢飲屠蘇草泡的酒，慶祝新的一年的到來。

《元日》既是一首生活記事小詩，又是一道哲理詩，詩人在這裡寫的遠不止是過春節的喜悅心情，它還寓有更深層次的意思。那就是詩人透過元日景象的描寫，表現了除舊布新的對生活的理解。在詩人看來，世界上的事物就如「新桃換舊符」那樣新陳代謝，而且新事物在開始時又常常是像「春風送暖」那樣充滿生命力，詩人善於從日常生活瑣事中體現新事物必然要替代舊事物的生活觀感。這叫做托物言志，可能與他的政治抱負有關。

元夜〔1〕

朱淑真〔2〕

火樹銀花觸目紅，揭天鼓吹〔3〕鬧春風。

新歡入手愁忙裡，舊事驚心憶夢中。

但願暫成人繾綣〔4〕，不妨常任〔5〕月朦朧。

賞燈哪得功夫醉，未必明年此會同。

[註釋]

〔1〕元夜：正月十五元宵節之夜，又稱元夕。

〔2〕朱淑真：是宋代著名的女作家。她出身仕宦名門，自幼聰明好學，多才多藝，不僅工詩善詞，還通曉音律、擅長繪畫，實屬一代才女。

〔3〕揭天鼓吹：寫吹吹打打、歡快悅耳的沖天樂聲。

〔4〕繾綣：指情意深篤纏綿，難捨難分。

〔5〕任：指聽憑。

[導讀]

元宵節之夜是中華民族傳統的喜慶佳節。每當是夜，觀火賞花燈，舞龍鬧元宵，熱鬧非常。詩的首二句就描寫這一盛況。「火樹銀花」寫騰空綻放、絢麗多彩的焰火，與辛詞中「東風夜放花千樹，更吹落，星如雨」、「鳳簫聲動，玉壺光轉，一夜魚龍舞」異曲同工。「觸目紅」從視覺寫出，將焰火比作「火樹銀花」極為形象貼切；「鬧春風」從聽覺寫來，「春風」二字抓住了「元宵佳節，融和天氣」的氣候特徵，再著一個「鬧」字，以少見多地表現

出鼓樂喧天、獅舞龍飛、萬眾歡騰的盛況。

　　「新歡入手愁忙裡，舊事驚心憶夢中」寫觀遊中發生的情事。笑聲樂聲盈耳，焰火花燈滿眼，陣陣鼓吹令人歡快不已，處處奇景使人目不暇接。她正在賞樂觀燈，「驀然回首，那人卻在」人頭攢動的人海中出現。可能「那人」也在翹首觀望，把情人的身影搜索，「眾裡尋他千百度」，猛然間才算找到了她。復萌的舊情，使兩個人穿越密密匝匝的人牆，來到一起。長期被阻後的不期而遇，在兩顆心裡激起喜從天降的漣漪。「新歡入手」就是這個意思。可是，這種欣喜之情瞬息即逝，隨之而來的便是近在咫尺卻無緣共結連理的憾恨和痛愁。失去得太多了，所以，對今日的意外相逢特別珍惜，「但願暫成人繾綣，不妨常任月朦朧。賞燈哪得工夫醉，未必明年此會同」就生動地反映出她此時此刻的這一心理活動。她只希望乘此天賜良機和昔日情人多廝守一會兒，為此，她心中暗暗祈禱著：不妨讓青雲罩月，使月色永遠朦朦朧朧，來遮人耳目，成全今番的好事。這幾句把人物憂喜交集、驚愁相錯的複雜心情表現得淋漓盡致。

鄉村四月

翁卷

綠遍山原〔1〕白滿川〔2〕，子規〔3〕聲裡雨如煙。

鄉村四月閒人少，才了〔4〕蠶桑又插田。

［註釋］

〔1〕山原：山地和平原。

〔2〕白滿川：河水漲得滿滿的，映著天堂，一片白色。

〔３〕子規：就是杜鵑鳥。

〔４〕了：做完，是動詞。

[導讀]

這首詩以白描手法寫江南農村初夏時節的景色。

詩的前兩句著重寫自然景色。「綠遍山原白滿川」，蔥鬱茂盛的樹木綠遍山原，濛濛細雨中，水光映天，白茫茫一片。詩人狀物而不點明物，而是從視覺角度出發，捕捉山色的色彩形象，將整個江南農村的初夏景色都納入到「綠」與「白」這兩種寧靜而又和諧的色彩中去。再看下一句，「子規聲裡雨如煙」，初夏時節的江南農村多雨，整日淅淅瀝瀝地下個不停，詩人巧妙地以煙喻雨，將這種如煙似霧的！！細雨描繪得非常傳神，頗有逸雅。子規又叫布穀鳥，滋潤萬物的細雨，再加上聲聲催人耕作的鳥鳴，不僅使畫面由靜入動，生機勃勃，而且很自然地為後兩句作了鋪墊，起了過渡的作用。綠原、白川、子規、煙雨，寥寥幾筆，詩人就把江南初夏時特有的風光勾勒了出來。

「鄉村四月閒人少，才了蠶桑又插田」，這兩句寫農事的繁忙，畫面主要突出在水田插秧的農夫形象，以「才」和「又」兩個虛字，襯托出「鄉村四月」勞動的緊張繁忙。「蠶桑」、「插田」與首句「綠遍」，「白滿川」前後呼應，交織成一幅色彩鮮艷的圖畫。

翁卷的詩風與他的身份、經歷有關，他終生未仕，以布衣終，因此詩多寫自然小景，表現日常生活的高情雅趣。《鄉村四月》可說是他詩作中的佳品，四句詩，靜動結合，色彩鮮明，平淡清新而有雋逸之趣，歷來為人所稱道。

月夜

劉方平

更深月色半人家，北斗闌干南斗斜〔1〕。

今夜偏知春氣暖，蟲聲新透綠窗紗。

［註釋］

〔1〕北斗闌干南斗斜：本句寫月夜星空的變化。

［導讀］

　　這首詩以動靜結合、寓有聲於無聲的手法，捕捉春的氣息、春的聲音，譜出一支春的小夜曲。首句描繪出一個靜謐、柔和的月夜：夜色已深，萬籟俱寂。北南斗，橫斜天際。皎潔的月光透過窗子，鋪照在半間臥室的地面上，給人一種寧靜、清馨的感覺。在一片靜寂中詩人為什麼沒有入睡呢？因為這時窗外突然傳來了蟲的鳴叫。這是經過一個冬天的沉寂後的第一聲蟲鳴，這鳴聲令人怦然心動，它告訴詩人：春天來了。這一靜一動，使人感到春天正一步一步地走來。

　　這首詩獨到之處便是詩人帶有獨特風格的視點和敏銳的觀察力。劉方平選擇了春夜裡的蟲聲：「今夜偏知春氣暖，蟲聲新透綠窗紗。」其實詩人並不是今夜才知「春氣暖」的，因為他在「今夜」之前既已除去舊窗紗、換上「綠窗紗」，春的暖氣早已透到房間裡來了。然而詩人卻抓住第一聲蟲鳴來寫春的來臨，因為這象徵著生命的復甦，它讓人意識到春天所孕育的蓬勃生命力。《月夜》中蟲聲所引發的是詩人迎春的喜悅和對大自然的熱愛。

　　以蟲的鳴聲來寫氣候變化，並非自劉方平始，中國第一部詩歌總集《詩經》的《豳風·七月》裡即有這樣的詩句：「五月斯螽動股，六月莎雞振羽。七月在野，八月在宇，九月在戶，十月蟋蟀入我床下。」劉方平《月夜》中的蟲聲，或許可以在《詩經》裡找到它的遠源吧。

霜 月

李商隱

初聞征雁已無蟬，百尺樓高水接天。

青女〔1〕素娥俱耐〔2〕冷，月中霜裡鬥〔3〕嬋娟〔4〕。

[註釋]

〔1〕青女：即青霄玉女，主管霜雪之神。

〔2〕耐：一般作「禁受」解，但在此處應為「宜」或「稱」
的意思。

〔3〕鬥：比賽。

〔4〕嬋娟：美好的儀態。

[導讀]

這首詩寫月光、霜華，有奇趣，見個性，表現了異乎尋常的審
美感受。

詩人對於霜天月夜的感知，是從對於蟬鳴、雁叫的聽覺喚起秋
的意識開始的。在「初聞征雁已無蟬」一句中，「初聞」、「已
無」之間蘊含著由此及彼的意念流動，表現了輕微的驚然之感：剛
聽到雁叫，就發覺蟬聲已絕、秋意很濃了。寫客觀的時令而憑藉在
感覺中展開的意念活動反映出來，有著鮮明的主觀色彩。

次句是寫視覺所見月映霜華的夜色。月光下的物象呈現淡冷的
色調，因此詩家常用水色寫月色。當月光灑在光色相近的薄霜上面
時，天地間便渾然一體，彷彿一片水的世界了。詩人不明寫霜月如
水，而是徑直把它們寫為「水接天」，跨越了比喻、被比喻之間理

智的界限而有幾分幻覺的意味，主觀色彩更為濃厚了。

　　詩人的感受由此而幻化昇華，終於在三、四句躍入純主觀的幻想空間，浮游於非現實的神話世界。霜月之美被幻化為青女、嫦娥兩位美的精靈而在「月中霜裡鬥嬋娟」。「鬥」字表現著生命的衝動，從而為這一幻象注入了生動的意趣。尤見深意的是，詩人說她們「俱耐冷」。作為「水接天」之美的昇華，青女、素娥與清冷並不是對立的關係，而是密切和諧、相宜相稱的。她們因冷見美，愈冷愈見精神，超塵絕俗，別有雅韻。

　　這首詩寫的是自然景色，更是寫主體的生命幻想。詩人筆下的霜天月夜之美已經脫落形跡，昇華為一種美的魅力、美的精神、美的情韻。這是用心靈去融煉自然的結果。眼前的自然引發了蘊於詩人心底的夢想，彷彿心靈的感應，使他從自然中見到了自己的憧憬。

雲

來鵬

千形萬象竟〔1〕還空，映水藏山片復重〔2〕。

無限旱苗枯愈盡，悠悠閒處作奇峰。

〔註釋〕

〔1〕竟：意為終於。

〔2〕片復重：指片片輕雲忽又匯作濃厚的烏雲。

〔導讀〕

古代詩歌中詠雲的名句不勝枚舉，但以「雲」為題、通篇詠雲

者，卻不多見。來鵬這首詠雲詩，有物象，有意象，有詩人感慨的寄託，有社會現象的隱喻，是一首意蘊含蓄、餘韻悠長的好詩。

開篇一句便很妙。雲彩隨風浮動，千姿百態，變幻無定；尤其夏雲，更是如此。詩人以「千形萬象」形容它，是最為貼切的。下面的「竟還空」三字，是說各種形象的雲變來變去，終於化為烏有。以「竟還空」連接「千形萬象」，顯得突兀有力。本來詩題寫雲，而首句卻從「無雲之雲」著筆，足見詩人立意之新穎。

第二句接寫雲彩的變幻過程。前句描述雲的從有到無，此句描繪雲的從無到有。天空的雲由「千形萬象」直至消失，到哪裡去了呢？原來是「映水藏山」了，足見雲的意態之悠閒自得。「片復重」，是說片片輕雲忽而匯作濃厚的重雲了。重雲的出現則預示著雨意。看樣子，雲若有知，將會降下一場可人的及時甘霖。

「無限旱苗枯愈盡，悠悠閒處作奇峰。」原來這是一個旱情極為嚴重的夏季，大片大片的禾稼行將枯死，是多麼需要充足的雨水來澆灌以慰辛勞終日的農民們的望歲之心啊！然而這天空之雲卻悠閒自在地躲起來，忽而化作岩間橫陣，忽而變成倚天奇峰，全然不解人事，不通世情！這兩句詩的語意一重一輕，比照鮮明，取得了很強的藝術效果。

這首名為詠雲之詩，實是盼雨之作。詩人以關心農事、體察農民的殷切焦急的心情，在觀察天象，渴望烏雲翻墨，電閃雷鳴，普降豪雨，而不同於閒適的雅客騷人，在欣賞弄姿取媚的天際浮雲。詩作的思想性、人民性也正在此，因而它較之那些為詠物而詠物的作品，內容要厚重得多。

自然景物是人類社會的一個組成部分，古代詩歌常常描寫它，藉以抒發作者的感情、意趣和心態。中國古代富有獨創性的詩人，由於感情豐富，觀察敏銳細緻，善於形象思維和準確地狀摹景物特徵，並善於運用「移情以物」的藝術手法，把客觀的景物染上主觀

的感情色彩，因而湧現了包括部分詠物詩在內的不可勝數的寫景佳作。來鵬的《雲》詩就是一個範例。

雨後池上

劉放

一雨池塘水面平，淡磨〔1〕明鏡照檐楹〔2〕。

東風忽起垂楊舞，更作荷心萬點聲。

〔註釋〕

〔1〕淡磨：意思是輕輕地磨。

〔2〕檐楹：指亭閣殿堂的畫檐雕柱。

〔導讀〕

這首詩寫的是雨後池上之景，從「東風」一詞可知，寫的是春雨過後的池塘景色。短短四句頗富詩情畫意，「詩中有畫，畫中有詩」。作者寫了池塘、檐楹、東風、垂楊、荷葉等景物，構成了一幅雨後池塘春景圖。

首聯是從靜態角度著筆，寫雨後池上的春光景色。一場春雨之後，池塘的水漲得平平的，而水面卻異常平穩。一個「平」字寫出了塘滿水面平穩的形態。然後接以「淡磨明鏡照檐楹」一句，更進一步突出了「平」的含義，原來是說水面平得如鏡，特別加一「明」字，這就把水面潔淨明亮的特點烘托出來了。一場春雨過後，池塘水面平如鏡，就像經人輕輕磨過的明鏡。連連作比，比喻之中又有比喻。這一主觀的感受又從下邊「照檐楹」的「照」字得以補充和拓展，而意境更為開闊。而這明淨的水面、水光，雕畫的楹檐，以及輝相映照的景色，該給人以多少精神的滿足、藝術上的

享受啊！不管是寫水面、明鏡，還是寫楹檻，以及二者相輝映，無不從靜態寫來。

「東風忽起垂楊舞，更作荷心萬點聲」兩句，是從動態角度揮毫，寫雨後池上輕風、垂楊、荷葉等春光景色。詩人不管是寫輕輕吹拂的東風、翩翩起舞的垂楊，還是寫雨珠滴落荷心的萬點聲，無不從動態角度加以細膩的描繪，從而調動人們的視覺、聽覺、觸覺甚至嗅覺，來感受這雨後池上的春景，並且引起人們藝術上的想像，構成無比鮮明的生動形象。

詩人寫雨後池上景物，不管是靜態的還是動態的，全詩文筆不求雕飾，自然流暢，而形象逼真，宛如一幅圖畫呈現讀者面前。

有美堂〔1〕暴雨

蘇軾

遊人腳底一聲雷，滿座頑雲撥不開。

天外黑風吹海立，浙東〔2〕飛雨過江來。

十分瀲灩金樽〔3〕凸，千杖敲鏗羯鼓〔4〕催。

喚起謫仙泉灑面，倒傾鮫室瀉瓊瑰。

〔註釋〕

〔1〕有美堂：在杭州吳山頂，視野開闊，可左眺錢塘江，右瞰西湖，為嘉祐二年（公元1057年）杭州太守梅摯建。這首詩，是蘇軾於熙寧六年（公元1073年）通判杭州時作。

〔2〕「浙東」：指錢塘江以東。

〔3〕金樽：酒杯。

〔4〕羯鼓：唐時西域傳入的樂器，擊鼓時疾如急雨。

[導讀]

詩人登有美堂覽勝，正趕上一場暴雨。一、二兩句，寫暴雨來臨的前奏。先聲奪人，反映出暴雨的來勢之迅猛。烏雲「撥」而不「開」，緊緊籠罩，又預示著暴雨蓄勢已久。驚雷起於腳底，頑雲繚於滿座，則誇張地表現出有美堂地勢之高，為後面第五句刻畫西湖埋下了伏筆。

第三句是一兼語句式，「黑風吹海」，而「海立」，將那種海上狂風呼嘯、波翻濤湧的景象形容得淋流盡致。這裡，極力描寫狂風吹海而「立」的威力，意在為下面一句的「飛雨」蓄積聲勢。暴雨如何能夠「飛」「過江」？正是憑藉的「天外黑風」之力。這兩句，高超地描繪出勃然而興的陣雨挾海上風濤貼水掠地渡江「飛」來的情景。寫得雄峻奇崛，氣勢磅礴，是千古傳誦的名句。

暴風雨的突至，並沒有使詩人敗興，他仍興致盎然地觀賞雨中奇景。「十分瀲灩金樽凸」一句，包含著兩層誇張之意：詩人居高俯瞰，將偌大的西湖想像為天地間一只酒杯，縮小比例以取得奇特的效果，這是一層誇張；瀲灩是水滿貌，此處詩人形容暴雨如注不止，致使湖水滿溢，猶如一只滿斟的酒杯，酒已滿出杯面，由於水具有一定的張力，因此酒凸出杯面少許並不會溢出，這又是一層誇張。「千杖敲鏗羯鼓催」中，以「千杖敲鏗」的羯鼓聲來擬之繁促的嘩嘩雨點聲。

在尾聯中，詩人由此又生奇想：莫不是天帝要造新詞，為喚醒「謫仙」李白而以泉灑面，那珍珠瓊玉般的泉水跌落人間，便化為這跳珠瀉玉般的漫天「白雨點」？

神思飛揚而無羈，比喻豐富且新穎，是蘇軾詩歌風格的一個重要特色，於此詩也可充分地反映出這一點。

約客

趙師秀

黃梅時節家家雨，青草池塘處處蛙〔1〕。

有約不來過夜半，閒敲棋子落燈花。

[註釋]

〔1〕處處蛙：指從池塘傳來的一片蛙聲。

[導讀]

這是一首受到許多讀者賞識的絕句。主要寫約客不來的悵惘之情。前兩句寫景，後兩句寫事。不言煩悶，而煩悶俱在，寫得既含蓄又逼真。

黃梅季節，細雨日夜不停地下，青草池塘，蛙聲一片。夜已經過半了，應約的客人還不見來，主人不經意地敲動棋子，於是燃盡的燈花，簌簌落下。

江南五月，梅子黃熟的時候，陰雨連綿，日夜不停，叫黃梅雨。這種雨是非常煩人的。這首詩的第一句，就是寫的這種黃梅雨，但卻不言它的煩人。陰雨天的青草池塘，蛙聲一片，入夜更甚。這種蛙聲，喧鬧煩躁，更是煩人。這首詩的第二句，就是描寫這種蛙聲，但也同樣不言它的煩人。不過，我們閱讀時，對這種令人煩惱的事物，卻是可以意會到的。這種描寫，正是詩歌創作上的所謂意在言外、旨意高遠。用這種描寫來烘托環境氣氛，是非常成功的。在這種使人不耐的氣氛中，在夜晚能夠約到友人前來對弈，無疑是非常愜意的。但很可惜，應允前來的客人，竟久久不至，夜已經很深了。大家知道，等人也是使人煩惱的事，需要一定耐心。如果所等的客人，應約而至，耐心將變為歡快。如果客人失約，那

麼耐心有多大，煩惱就會有多大。可是，這首詩的後兩句，對約客不來的煩惱，也是捨而不言。只用手拈棋子不經意地敲動棋子使得燈花不時落下這樣的動作進行隱喻。但寂寞、煩悶的心情，卻躍然紙上了。

詩貴含蓄，這首詩深得含蓄之旨。這首詩寫黃梅季節，寫青草池塘，寫細雨，寫蛙聲，無非在渲染令人煩悶的環境氣氛。寫夜半，寫失約，寫棋子，寫燈花，無非去烘托主人的寂寥、煩悶心情。這首詩寫色彩，寫音響，甚至寫一些細小事物，唯獨不寫人的思想、情緒，可是，這種思想、情緒，卻在一係列形象和細節描繪之中，自然地流露出來了，構成了這首詩的最大藝術特徵！

趙師秀為南宋永嘉四靈之一。這一派詩人的處世和創作態度，主張「泊然安貧賤，心夷語自秀」，主張文字清新，情趣野逸。這首《約客》詩，就顯示了這一藝術風格。

人在旅途

詩經‧鄭風‧溱洧〔1〕

民謠

　　溱與洧方渙渙〔2〕兮，士與女〔3〕方秉〔4〕蕑〔5〕兮。女曰：「觀乎？」〔6〕士曰：「既且。」〔7〕「且往觀乎〔8〕！洧之外〔9〕洵訏且樂〔10〕。」維〔11〕士與女，伊其相謔〔12〕，贈之以勺藥〔13〕。溱與洧瀏〔14〕其清矣。士與女殷〔15〕其盈〔16〕矣。女曰：「觀乎？」士曰：「既且」。「且往觀乎？洧之外洵訏且樂」。維士與女，伊其將〔17〕謔，贈之以勺藥。

　　〔註釋〕

　　〔1〕溱洧：二水名，在今河南省密縣境內。

　　〔2〕渙渙：春水盛漲。

　　〔3〕士與女：泛指眾多的遊春男女。

　　〔4〕秉：拿著。

　　〔5〕蕑：同「蘭」，香草名。

　　〔6〕女曰：「觀乎？」：一個女子對她所愛的男子說：「去看看吧？」

　　〔7〕士曰：「既且。」：男的說：「已經去過了。」且，同徂，意思為往。

〔8〕且往觀乎：女的又說：「再去看看吧！」且，復，再次之意。

〔9〕洧之外：洧水之外。

〔10〕洵訏且樂：寬曠好玩。洵，誠然，實在。訏，大。

〔11〕維：語助詞。

〔12〕伊其將謔：將，相將也。互相調笑。伊，語助詞。

〔13〕勺藥，即芍藥，香草名。古代男女以芍藥相贈，是深結情意的表示。

〔14〕瀏：水清。

〔15〕殷：眾多。

〔16〕盈：充滿。

〔17〕將：相。

[導讀]

　　本作品選自《詩經·國風》中的鄭風。《詩經》是中國古代第一部詩歌總集，共收作品三百零五篇，約在公元前六世紀中葉編纂成書，其中有許多是經過整理的民間歌謠，而《溱洧》則是一首鄭國的民謠。

　　鄭國風俗，每年三月初三為上巳節，為歡慶節日，男女聚集溱洧兩水岸上，手拿蘭草，清除不祥。

　　詩用第三者口吻來描寫，生動地展現了上巳節到來之際，溱洧兩水岸邊，男女歡樂聚會的盛況。

　　利用節日喜慶之機，從事遊覽娛樂活動，這是人們常常採用的遊樂方式。從《溱洧》一詩中，可以得到印證，說明節日聚眾遊覽歷史悠久，早在春秋戰國時代就有了這樣的活動。

古代的上巳節不僅是青年男女結伴春遊的踏青時刻，同時也是男女青年傾訴愛慕、談情說愛的絕好機會，詩中士與女畫龍點睛式的對話以及以芍藥相贈的舉動都說明了這一內容。

大風歌

劉邦

大風起兮〔1〕雲飛揚，

威〔2〕加〔3〕海內〔4〕兮歸故鄉，

安〔5〕得猛士兮守四方！

[註釋]

〔1〕兮：語氣詞。

〔2〕威：威望，威權。

〔3〕加：施加。

〔4〕海內：四海之內，即「天下」。

〔5〕安：哪裡。

[導讀]

此詩作者為西漢開國君主漢高祖劉邦。劉邦（前256—前195），沛豐邑中陽裡人（今江蘇豐縣）。秦末任亭長（鄉村小吏）。陳勝、吳廣起義後，他在沛縣起兵響應，成為起義軍首領之一。秦亡後，他先後消滅項羽的軍隊及其他割據勢力，統一全國，建立漢王朝。

公元前195年，劉邦平定了英布的叛亂，途經故鄉沛縣，邀集

父老鄉親飲宴。酒酣，劉邦擊築（一種打擊樂器）高歌，滿懷激情地唱了這首《大風歌》。

全首僅短短的三句，內容卻極為豐富。首句以風起雲飛的情境深刻地展示了秦末群雄紛起、爭奪天下的情狀。二句的「威加海內兮歸故鄉」，則是說自己在這樣的形勢下奪得了帝位，因而能十分榮耀地衣錦還鄉。奪得天下實屬不易，鞏固江山，也絕非易事。作為皇帝，要保住天下，必須有猛士為他守衛四方。所以，劉邦詩的結句，既吐露了他內心的企盼，同時又為帝業的鞏固而擔憂。「言為心聲」這首短詩一方面將一位偉大的勝利者的英勇豪邁表達得力透紙背，另一方面又將一位開國君主深遠的憂思刻畫得淋漓盡致。

今江蘇沛縣文化館內仍存有劉邦大風歌碑，為元大德十年（公元1306年）摹刻，碑高2.35米，寬1.23米，共四行。據傳，此碑是按照漢代原碑摹刻。現已建碑亭保護。沛縣屬徐州市管轄，若到徐州旅行，可順路到沛縣見到此碑。

江 南

民歌

江南可採蓮，蓮葉何田田〔1〕，魚戲〔2〕蓮葉間。

魚戲蓮葉東，魚戲蓮葉西，魚戲蓮葉南，魚戲蓮葉北。

〔註釋〕

〔1〕田田：蓮葉茂密狀。

〔2〕戲：嬉戲。

〔導讀〕

《江南》屬漢代南方樂府民歌，為《相和歌辭》中的「相和歌」。它原是一種一人唱多人和的歌詠形式。所以有些學者認為，詩的前三句為主體，後四句則是和聲部分，主要是敷演第三句「魚戲蓮葉間」，造成烘托、渲染的效果。

　　主體由前三句組成，著力描繪江南採蓮風光，實際上呈現了採蓮女子歡快的勞動場面。一開始就把讀者帶入了一個漫天碧葉、小舟穿行的優美畫面中。如此良辰美景，年輕的婦女結伴而行，無比欣喜。她們一邊採蓮，一邊嬉戲，開始了輕鬆的勞動生活。然而，詩中對採蓮的具體情節，並未做過多的刻畫，而是筆鋒一轉，落筆在「魚戲蓮葉間」上，利用審美心理學上移情的原理，由魚的自由嬉戲，轉而體味到人的自由嬉戲，這並非一般的比喻和象徵，而是一種實寫，「魚嬉」也是畫面中的一部分，所以「魚嬉」和「人嬉」渾然一體，構成了一幅輕鬆活潑的江南採蓮圖。

　　後四句是將「魚戲蓮葉間」鋪展為魚戲蓮葉之東、南、西、北。然而這最後四句絕非可有可無。如若詩至「魚戲蓮葉間」就戛然而止，全詩必然會索然無味。只有透過這後四句一字之易的反覆詠唱，才造成了濃郁的詩的氛圍，讓你彷彿看到了魚兒悠然往來、輕鬆嬉戲的情境。由簡單的重複造成了明快的節奏，讓人回味無窮。

　　旅遊生活的內容是十分豐富的，其中也包括對不同地域人們勞動場景的觀賞，如在北方對遊牧地區「套馬」活動的觀賞，在南方對水鄉河澤地區「採蓮」活動的觀賞，都是極有生活氣息且饒有趣味的。

三峽謠

民謠

朝發黃牛〔1〕，暮宿黃牛。

三朝三暮，黃牛如故。

[註釋]

〔1〕黃牛：指長江三峽中西陵峽（湖北宜昌西北）附近有名的險灘——黃牛灘。

[導讀]

這是一首民謠，見於北魏酈道元的《水經注·江水注》。因為是民謠，流傳於老百姓的口頭傳誦之中，所以語言樸實，情感真摯。

黃牛灘為西陵峽附近有名的險灘。灘邊峭壁有石紋，構成了一幅畫圖，宛若一人背刀牽牛。人為黑色，牛為黃色，故人稱之黃牛灘。

從黃牛灘溯流而上，險曲難行。所以，詩中說，早上從黃牛灘出發，晚上還在黃牛灘住宿，即使行了三天三夜，還是沒有行多遠，黃牛灘照樣還在眼前。由此足見，灘險浪急，行舟極為艱難。

旅行者希望見到奇險的景觀，這是常有的心理追求，所以有的旅行家又是探險家。只有透過險境，人才能超越自我，創造輝煌。

時過境遷，三峽航道的改進，特別是大型水庫的興修，黃牛灘這樣的水上險路已不復存在了。但三峽沿途的歷史遺蹟卻是引人回味的。

登幽州臺歌

陳子昂

前不見古人，後不見來者。

念天地之悠悠〔1〕，獨愴然〔2〕而涕下。

[註釋]

〔1〕悠悠：意為綿長。

〔2〕愴然：悲傷地。

[導讀]

《登幽州臺歌》雖為一首短詩，但語言奔放，內涵豐富，極富感染力，是歷來廣為傳誦的名篇。

作者陳子昂是唐代一個極具政治見識和治政才能的文人。他敢於直諫，對當時的不少弊政提出批評，但不為採納，卻一度因「逆黨」株連而下獄。公元696年，陳子昂隨建安王武攸宜遠征契丹，軍事失利，他的多次合理建議不被採用，因登薊北樓，感慨萬千，乃泫然涕流而賦詩。

「前不見古人，後不見來者」，這裡的「古人」是指古代那些能夠禮賢下士的賢明君主。詩人登臺而抒懷，聯想到自己的種種蹤跡，前代賢君既不復可見，後來的賢明之主也不及相遇，真是生不逢時，寂寞孤單，在極度悲憤中，愴然而淚流了。

本詩在藝術表現上是十分成功的。前兩句俯仰古今寫了時間的綿長。第三句登樓眺望，寫了空間的遼闊。在廣闊無垠的背景中，第四句集中刻畫了詩人孤單寂寞悲憤苦悶的情緒，兩相映照，產生了十分感人的藝術效果。

幽州臺即薊北樓，一名薊丘，又稱薊門。故址在今北京市北郊。薊門唐代屬幽州，故稱「幽州臺」。

過故人莊

孟浩然

故人具〔1〕雞黍，邀我至田家。

綠樹村邊合，青山郭外斜。

開軒〔2〕面〔3〕場〔4〕圃〔5〕，把酒話桑麻〔6〕。

待到重陽日，還來就菊花〔7〕。

〔註釋〕

〔1〕具：備辦。

〔2〕軒：窗戶、門。

〔3〕面：面對著。

〔4〕場：打穀場。

〔5〕圃：菜園。

〔6〕話桑麻：泛指閒談農事。

〔7〕就菊花：為賞菊而來。

〔導讀〕

　　孟浩然（689—740），唐代襄陽（今屬湖北）人。他大半生居住襄陽城南峴山附近的澗南園，中年以前曾離家遠遊。四十歲時，赴長安應進士試，落第後在吳越一帶遊歷多年，到過許多山水名勝之地。唐開元二十五年（公元737年），時張九齡貶荊州刺史，孟浩然曾應辟入幕，不久辭歸家鄉，直至去世。在盛唐詩人中，孟浩然為年輩較早的一個，其人品與詩風均深受時人的敬重。李白《贈孟浩然》一詩中寫道：「吾愛孟夫子，風流天下聞……高

山安可仰，徒此揖清芬」，足見對其仰慕之情。

孟浩然是唐代第一個傾力寫作山水詩的詩人。在他的詩中，情與景不單單是彼此襯托，而常常是水乳交融般地有機結合，詩的意境顯得更為單純明淨，詩的結構更為緊湊完美。

《過故人莊》是一首膾炙人口的名詩。作者用樸實的語言、通常的敘述，把一個普通的農莊、一次雞黍飯的款待表現得極富詩意。全詩只有省淨的語言、平淡的敘述，幾乎沒有一個誇張的句子，沒有一個使人興奮的詞語，用的是口頭語，寫的是眼前景，卻韻味無窮，讓人感受到了村風的淳樸，村民的熱忱。古人認為孟詩「語淡而味終不薄」，誠然如此。

當代旅遊活動中，久居城市的遊客，希望到鄉村走一走，在農家小居數日，體驗一下鄉居生活的滋味。我想，如若到了孟浩然詩中所寫的村風淳樸、村民熱忱的旅遊天地中，一定會十分暢快，感受良多。

芙蓉樓送辛漸

王昌齡

寒雨連江夜入吳〔1〕，

平明〔2〕送客楚山孤。

洛陽親友如相問，

一片冰心在玉壺〔3〕。

〔註釋〕

〔1〕入吳：指雨入吳。

〔2〕平明：天剛亮。楚山孤：形容眼中江北遠山孤零零的樣子。

〔3〕一片冰心在玉壺：比喻自己的心依然十分純潔。

[導讀]

王昌齡（約690—約756）：京兆萬年（今屬西安市）人（一說太原人），家境較貧寒，唐開元進士，曾任江寧令，一生曾兩次被謫蠻荒之地。安史之亂爆發後，避亂江淮一帶，被濠州刺史閭丘殺害。王昌齡擅長七絕而名重一時，其七絕詩可與李白相媲美。

王昌齡寫離別詩作頗具特色，好以「月」、「雨」為主要意象，在迷離幽微的別愁中烘托出澄朗晶瑩、心心相印的情誼。《芙蓉樓送辛漸》就是這一類詩中的名篇。

題中芙蓉樓原名西北樓，遺址在潤州（今江蘇鎮江）西北，登臨可俯瞰長江，遙望江北。詩作於王昌齡官江寧丞之日，詩人正遭謗議，送好友遠行，其淒切心情可知。臨別所囑，唯以玉壺冰心自明心跡。詩中著意刻畫的南國煙雨、兀然傲立的孤峰，既為景語，亦是情語，形成了一種有意無意的觀照，令人自然會聯想到詩人孤高傲岸、冰清玉潔的形象。字字白描，句句精麗，而情意悠長深遠，達到了絕句難以達到的絕妙境界。

觀獵

王維

風勁〔1〕角弓〔2〕鳴，將軍獵渭城〔3〕。

草枯鷹〔4〕眼疾〔5〕，雪盡馬蹄輕。

忽過新豐市〔6〕，還歸細柳營〔7〕。

回看射鵰〔8〕處，千里暮雲平。

[註釋]

〔1〕勁：強勁。

〔2〕角弓：以角飾弓。

〔3〕渭城：即咸陽故城，在長安西北渭水北岸。

〔4〕鷹：獵鷹。

〔5〕疾：銳利。

〔6〕新豐市：在長安東北，即今陝西新豐鎮。

〔7〕細柳營：漢代名將周亞夫駐兵處，在長安西。這裡泛指軍營。

〔8〕射鵰：北齊斛律光，武藝精通，打獵時曾射下一大雕，人稱「射鵰手」。詩中隱用此事讚美將軍。

[導讀]

王維（700—761），太原祁（今山西祁縣）人。他是唐代一位多才多藝的藝術家。精通音樂，早年曾為大樂丞；書法上兼長草、隸各體；繪畫才能尤為突出，後人甚至推崇他為南宗畫派始祖。其詩前後期風格、情調明顯不同。前期意氣風發，寫出了充滿豪情之佳作，後期消極歸隱，寄情田園山水，以驚人的藝術才華寫出了不少山水名篇。顯然《觀獵》為其前期的代表作。

全詩半寫出獵，半寫獵歸，起得突兀，結得意遠，承轉自如，渾然一體。寫射獵，抓住「角弓鳴」、「鷹眼疾」、「馬蹄輕」等細節來躍然紙上。獵歸時，用了「忽過」、「還歸」等描寫，突出了將軍返營馳騁之疾速。結尾時，並未落筆營地一般之景色，而是回首行獵處之遠景，已是「千里暮雲平」。當初風起雲湧，與出獵

時緊張之氣氛相應；此時風定雲平，與獵歸時躊躇滿志之心境相宜。首尾呼應，又兩兩對照，於景的變化中見情的消長，寫得十分精當。

王維記述的不過是一次普通的狩獵活動，短短的八句卻寫得壯懷激烈、豪興逸飛，讓讀者留下了極為深刻的印象。

參與或觀賞狩獵活動是當代旅遊活動中一項十分誘人的內容。若能到遊牧地區觀賞牧民的圈馬比賽或叼羊競技，肯定會群情激奮、大飽眼福。

秋浦歌（選一）

李白

爐火〔1〕照天地，紅星亂紫煙。

赧郎〔2〕明月夜，歌曲動寒川。

〔註釋〕

〔1〕爐火：描寫冶礦的場面。

〔2〕赧郎：指被爐火映紅了臉的工人們。

〔導讀〕

李白是唐代傑出的大詩人，被人們譽為「詩仙」。秋浦，在今安徽貴池西，是唐代銅和銀的產地之一。大約唐天寶十二年（公元763年），李白漫遊至此，寫了組詩《秋浦歌》，本詩是其中第十四首。

詩一開始，便呈現了一幅色調明亮、氣氛熱烈的冶煉場景：爐火熊熊，紅星四濺，紫煙蒸騰。接著以粗獷的線條勾勒了冶煉工人

樸實、健壯的形象。「赧」原指害羞而臉紅，詩中巧妙地借用來刻畫冶煉工人健美的形象。全詩以冶煉工人動人的歌聲作結，那嘹亮的歌聲，彷彿使寒冷的河水也蕩漾起來了。這當然是誇張之筆，但字裡行間飽含了詩人對勞動生活和勞動者的由衷的讚美。

這首短詩是一首正面描寫和歌頌冶煉工人的詩篇，在中國古代浩如煙海的大量詩作中是較為罕見的，因而彌足珍貴。

蜀相

杜甫

丞相〔1〕祠堂何處尋，錦官城〔2〕外柏森森。

映階碧草自春色，隔葉黃鸝空好音。

三顧〔3〕頻煩天下計，兩朝〔4〕開〔5〕濟〔6〕老臣心。

出師未捷身先死〔7〕，長使英雄淚滿襟。

〔註釋〕

〔1〕丞相：指諸葛亮。

〔2〕錦官城：成都的別稱。

〔3〕三顧：諸葛亮隱居隆中（今湖北襄陽西）時，劉備三次拜訪，商量天下大計。

〔4〕兩朝：輔佐劉備、劉禪父子。

〔5〕開：開創大業。

〔6〕濟：匡濟危時。

〔7〕出師未捷身先死：指公元234年諸葛亮伐魏，病死於五

丈原（今陝西眉縣西南）軍中。

　　[導讀]

　　杜甫是唐代一位憂國憂民的傑出詩人。「漂泊西南天地間」的
十一年，是其詩歌創作的重要時期，留下作品有一千餘首，占其
《杜工部集》收詩總數的三分之二以上。而《蜀相》正是這一時期
的代表作。

　　唐上元元年（公元760年）春，詩人遊覽了成都諸葛武侯祠，
寫了這首律詩。詩中對諸葛亮輔佐兩代蜀主的耿耿忠心，倍加讚
美，同時又對諸葛亮出師未捷病逝軍中深表惋惜。這是一首憑弔歷
史古蹟、抒發自己胸襟的千古名篇。

　　武侯祠在成都南郊，建於西晉末年。因與劉備的昭烈廟相鄰，
明初併入昭烈廟，故大門橫額書「漢昭烈廟」。現存殿宇為清康熙
十一年（公元1672年）重建。祠內古樹蔥鬱，環境幽雅，殿宇恢
弘，文物眾多。著名的「三絕碑」由唐宰相裴度撰文，著名書法家
柳公綽（柳公權之兄）書，名石工魯建刻字，因文章、書法、鐫刻
均精湛而馳名於世。

金陵酒肆留別

李白

風吹柳花滿店香，吳姬壓酒〔1〕喚客嘗。

金陵子弟來相送，欲行不行〔2〕各盡觴。

請君試問東流水，別意與之誰短長。

　　[註釋]

〔1〕壓酒：新酒釀熟時，壓緊榨床取酒。

〔2〕欲行不行：指行人（詩人自己）和送行的金陵子弟。

[導讀]

李白是一位寄情山水、喜愛漫遊的詩人。他出川去越中時，曾在金陵（即今南京）逗留，此詩或為當時所作。

楊花飄絮的時節，即將離開金陵的詩人滿懷別緒，獨坐小酌。當壚的酒娘，捧出新榨出的美酒，熱情地勸客品嚐。這時，趕來送行的金陵子弟，更為酒肆增添了熱烈的氣氛，大家各自道別，一飲而盡。這種真誠的友情，如此之深厚，它比浩蕩之流水，到底誰更悠長？

這首寫留別的短詩，把惜別之情寫得飽滿酣暢，悠揚而富於蘊藉，表現了詩人青壯年時代豐采華茂、風流瀟灑的情懷。

遊子吟

孟郊

慈母手中線，遊子身上衣。

臨行密密縫，意恐遲遲歸。

誰言寸草〔1〕心，報得三春暉〔2〕。

[註釋]

〔1〕寸草：小草。詩中比喻遊子。

〔2〕三春暉：春天的陽光。詩中喻指母愛。

[導讀]

孟郊（751—814），字東野，唐代武康（今浙江德清）人。孟郊與賈島都講求文字的工夫，苦心孤詣，慘淡經營，因而有「郊寒島瘦」之評說。

孟郊一生窘困潦倒，直到五十歲時才得到了一個溧陽縣尉的卑微之職。本篇題下作者自註：「迎母溧上作」，當是他居官溧陽時的作品。

深摯的母愛，無時不在沐浴著兒女們。對於孟郊這位常年顛沛流離的遊子來說，最值得回憶的莫過於母子分離的痛苦時刻。詩中抓住了慈母縫衣這一極常見、極普通的場景，寫出母子相依為命的骨肉之情。

全詩語言質樸、情感純真，而在淳樸淡素中揭示了母子的一片純情，撥動了每一位讀者的心弦，讓人難以忘懷。

望夫石

王建

望夫石，江悠悠〔1〕。

化為石，不回頭。

山頭日日風復雨，行人歸來石應語〔2〕。

〔註釋〕

〔1〕江悠悠：指江水不停地流去。

〔2〕行人歸來石應語：意為假如有一天丈夫真的回來，這塊望夫石會開口傾訴其離情。

〔導讀〕

王建，潁川（今河南許昌市）人，中唐時期詩人。其樂府詩和張籍相似，簡括爽利，卻又比張籍的作品更具體、更富蘊涵。

　　這首依據古老民間傳說寫成的抒情小詩，詩中首先為我們展現了一幅生動感人的圖畫：浩浩不斷的江水之畔屹立著望夫山，山頭佇立著狀如女子翹首遠眺的巨石。石雖無言，卻有情意，她在企盼著親人的到來。若有一天，親人真的來到了她的身旁，她會開口敘述別後的離情。

　　據說，這個故事起源於湖北武昌附近，由於流傳廣泛，許多地方都有望夫山、望夫石、望夫臺。唐代詩歌中，此類篇目，尚不乏見，如劉禹錫也有一首同類的詩作：「終日望夫夫不歸，化為孤石苦相思。望來已是幾千載，只似當時初望時。」王建的《望夫石》是將民間故事與自然景觀融為一體的傑作。我們在旅行中會見到多種形態的象形石，人們在審美觀念中，經過想像和加工，會演義出許多優美動人的故事。如黃山上的「喜鵲登梅」、「仙人晒靴」、「猴子望太平」等均為同類景點。

漁父

張志和

西塞山〔1〕前白鷺飛，

桃花流水鱖魚肥。

青箬笠〔2〕，綠蓑衣，

斜風細雨不須歸。

〔註釋〕

〔1〕西塞山：在浙江吳興縣西。

〔2〕箬笠：竹箬做的斗笠。

[導讀]

　　張志和，金華（今屬浙江）人，唐肅宗時待詔翰林。後隱居江湖，自號「煙波釣徒」。他對文藝多所通曉，凡歌詞、書畫、吹笛、擊鼓無不精工，善於吸取多方面營養，《漁父》詞便是借鑑民間漁歌而寫成。

　　詩是時間的藝術，畫是空間的藝術，一動一靜，各有特色，然而兩者又可相通相補。作者是詩人，又是畫家，他筆下的作品確是詩畫兼容，美不勝收。高處有從水田飛入上空的白鷺鷥，低處有落英繽紛的春水綠波，還有能引起人們鮮美味覺的鮮嫩鱖魚。而作為畫卷中心的則是頭戴「青箬笠」、身披「綠蓑衣」的漁父。所有這一切又被濛濛的細雨所籠罩，形成了一種煙雨濛濛的朦朧美，畫面是這樣的新鮮、活脫、秀潤，教人怦然心動。所以，結句「斜風細雨不須歸」，不正是漁父對美的發現、對美的痴迷嗎？

題都城〔1〕南莊

崔護

去年今日此門中，人面桃花相映紅。

人面不知何處去，桃花依舊笑春風〔2〕。

[註釋]

〔1〕都城：指長安，今陝西西安市。

〔2〕笑春風：狀桃花在春風中盛開之情態。

[導讀]

崔護，博陵（今河北定縣）人。唐貞元十二年（公元796年）進士，官至岑南節度使。

關於本詩有一段極具傳奇色彩的故事：「崔護於清明日獨遊長安城南，見一莊園，花木叢翠，而寂若無人。護口渴，扣門求飲，有女子以杯水至，開門設坐，獨倚小桃斜柯而立，意屬殊厚。久之，崔辭去，女送至門，如不勝情而入；崔亦睠盼而歸。來歲清明，護復往尋之，門牆如故，門已鎖局，因題詩於左扉。」

全詩分前後兩部分，包括兩個場景相同、互為映照的場面。第一個場面寫尋春巧遇麗人。第二個場面寫重尋不遇，悵然若失。整首詩用「人面」、「桃花」作貫串線索，透過「去年」和「今日」同時同地同景而「人不同」的映照對比，把詩人兩次不同的遇合所產生的感慨，迴環往復、曲折盡致地表達了出來。

本詩所載的傳奇故事是否存在不得而知。也許是先有了此詩然後才敷衍成相關的故事。但從中卻傳遞出了這樣一種人生體驗：在偶然、不經意的情況下遇到了某種美好的事物，而當自己去著意追求時，卻再也不可復得了。這或許是這首詩保持經久不衰的藝術生命力的原因之一吧！

琵琶行（選一段）

白居易

潯陽江〔1〕頭夜送客，楓葉荻花秋瑟瑟。

主人下馬客在船，舉酒欲飲無管弦。

醉不成歡慘將別，別時茫茫江浸月。

忽聞水上琵琶聲，主人忘歸客不發。

尋聲暗問彈者誰？琵琶聲停欲語遲。

移船相近邀相見，添酒回燈〔2〕重開宴。

千呼萬喚始出來，猶抱琵琶半遮面。

轉軸撥弦三兩聲，未成曲調先有情。

弦弦掩抑〔3〕聲聲思，似訴平生不得志。

低眉信手續續〔4〕彈，說盡心中無限事。

輕攏慢捻抹復挑〔5〕，初為《霓裳》後《六么》〔6〕。

大弦〔7〕嘈嘈如急雨，小弦〔8〕切切如私語。

嘈嘈切切錯雜彈，大珠小珠落玉盤。

間關〔9〕鶯語花底滑〔10〕，幽咽泉流水下灘。

水泉冷澀〔11〕弦凝絕，凝絕不通聲暫歇。

別有幽情暗恨生，此時無聲勝有聲。

銀瓶乍破水漿迸，鐵騎突出刀槍鳴。

曲終收撥〔12〕當心畫〔13〕，四弦一聲〔14〕如裂帛。

東船西舫悄無言，唯見當空秋月白。

〔註釋〕

〔1〕潯陽江：在江西九江市北，長江之一段。

〔2〕回燈：把撤下的燈拿回來。

〔3〕掩抑：形容弦聲低徊。

〔4〕續續：連續。

〔5〕攏、捻、抹、挑：彈琵琶的幾種指法。

〔6〕《霓裳》、《六么》：均為曲名。

〔7〕大弦：低音弦。

〔8〕小弦：高音弦。

〔9〕間關：鳥聲。

〔10〕滑：流利輕快。

〔11〕冷澀：幽咽的感覺。

〔12〕撥：套在指上撥弦的工具。

〔13〕畫：同劃。

〔14〕四弦一聲：四根弦子同時發聲。

〔導讀〕

白居易，中唐時期的著名詩人。

據本詩原序，知作於唐元和十一年（公元816年）秋。此時，作者已被貶為九江郡司馬。詩中記述秋夜在江州潯陽江頭送客，巧遇琵琶女，請她彈奏一曲之事。

相似的遭遇，透過琵琶聲，產生強烈的共鳴。「同是天涯淪落人，相逢何必曾相識」。詩人深諳　音樂所傳遞的情感，也為自己坎坷的一生而傷感。

白居易精通音律，對琵琶的演奏也十分熟悉。詩中對演奏過程作了十分具體而精彩的描寫，讓人讀之，拍案稱絕。

在旅遊行程中，若有欣賞音樂的機會，是可大飽耳福的。譬如：到京城去旅行，有機會到北京音樂廳聽一聽中央樂團的音樂會，也會為旅行增添一項豐富的內容；到陝西，看一看「信天遊」的演出；到寧夏，看一看「花兒」的演出，這些都是獨具地方風味的。

念昔遊（選一）

杜牧

李白題詩水西寺〔1〕，古木四岩樓閣風。

半醒半醉遊三日，紅白花開山雨〔2〕中。

[註釋]

〔1〕水西寺：據李白集王琦注引《江南通志》，涇縣西五里有水西山，山中有天宮水西寺。

〔2〕山雨：一作「煙雨」。

[導讀]

杜牧（803—約852），京兆萬年（今屬陝西西安）人。他繼承唐代文學的優良傳統，主張文章「以意為主」，追求「高絕」，不尚「綺麗」。其絕句清新多姿，堪為高手。

詩題《念昔遊》，即為對以往漫遊勝蹟的回顧。

詩一開頭，就點明李白曾到水西寺一遊，並寫下了詩作。李白在詩中雲：「清湍鳴四溪，綠竹繞飛閣；涼風日瀟灑，幽客時憩泊」，生動地描寫了水西寺的佳境。而杜牧則將此佳境凝練為「古木四岩樓閣風」，正好抓住了水西寺的環境特徵。

李白一生坎坷，浪跡江湖，寄情山水，杜牧不但與李白遭際相仿，而且心緒也有些相似。李白身臨佳境則「幽客時憩泊」，杜牧面對勝境則「半醒半醉遊三日」，他們都把失意後的苦悶消釋在令人陶醉的美好風光之中；同時，在遊覽之後，還吟詠詩篇，留作甜美的回憶。

隨著歷史長河的流逝，如今涇縣已難以尋覓水西寺的遺蹟。但

李白遊歷過的著名的「桃花潭古渡」卻依然尚存，不少慕名而來的旅遊者可以到此來懷念這位唐代「詩仙」。

題菊花

黃巢

颯颯〔1〕西風滿院栽，蕊寒香冷蝶難來〔2〕。

他年〔3〕我若為青帝〔4〕，報〔5〕與桃花一處開。

〔註釋〕

〔1〕颯颯：風聲。

〔2〕「蕊寒」句：意為菊花雖散發清香，但蜂蝶卻因天寒不敢飛來。

〔3〕他年：將來有那麼一天，即「有朝一日」之意。

〔4〕青帝：司春之神。

〔5〕報：告。

〔導讀〕

黃巢，曹州冤句（今山東菏澤西南）人，出生鹽商家庭，從小就從事販賣私鹽活動；讀過書，會寫詩文，並且精通武藝，後來成為唐末農民起義的領袖。

古人雲：「莫言馬上得天下，自古英雄皆解詩」。黃巢確實是一個能解詩的英雄。他筆下的菊花，一掃歷代文人孤高絕倫的文化品格，呈現出一種豪氣滿懷的嶄新境地。

作品一開始就點明時令，寫菊花迎風霜而盛開，突出其昂然挺

161

拔的高貴氣節。然而秋光蕭瑟，蜂蝶難來，作者不免為菊花的生不逢時而憤憤不平。他大膽地想像，如果有一天自己做了司春之神，就一定讓菊花和桃花一樣在風和日麗的春天開放。這一充滿浪漫主義激情的想像，充分體現了這位農民起義領袖突破舊巢、創立新天的宏偉抱負。

全詩所抒發的思想情感極為豪壯，卻不流於粗泛。作者在詩中融入了自己對生活獨特的感受，並成功地運用比興手法，使人們讀了仍富於蘊藉。

旅行生活免不了對美的事物的觀賞。千姿百態的花卉就是人們所喜愛的觀賞內容，如到洛陽觀賞牡丹、到無錫觀賞梅花等等。如果旅行者再瞭解一些有關詠花的詩章，那在觀賞時會更添一份興致。

食荔支（選一）

蘇軾

羅浮山〔1〕下四時春，盧橘楊梅次第〔2〕新。

日啖〔3〕荔枝〔4〕三百顆，不辭長作嶺南〔5〕人。

〔註釋〕

〔1〕羅浮山：在廣東省博羅縣城西北，為粵中遊覽勝地。

〔2〕次第：依次之意。

〔3〕啖：吃。

〔4〕荔枝：即荔枝。中國南方水果。

〔5〕嶺南：時作者被貶惠州（今廣東省惠陽市東）。在五嶺

以南。

[導讀]

宋紹聖三年（公元1096年），蘇軾遠謫嶺南，雖身處逆境，仍保持著一種樂觀暢達的心態。詩中讚美南方的水果四時嘗新，尤其是荔枝，鮮美可口。能吃到這樣的佳果，即使老死於斯，也心甘情願。全詩充分表現了詩人對南國風物的熱愛。

「民以食為天」。旅遊中吃什麼，也是人們所關注的。到一處旅遊地，嘗一嘗那裡的特色食品，滿足一下口福，這也是旅行生活中的一大收穫。

板子磯

張舜民

石上紅花低照水，山頭綠筱〔1〕細含煙。

天生一本徐熙〔2〕畫，只欠鷓鴣相對眠。

[註釋]

〔1〕筱：小竹。

〔2〕徐熙：五代南唐著名畫家。善用粗筆濃墨畫枝葉萼蕊，略施雜彩，不掩筆跡，而神色生動，人稱「落墨花」。他與後蜀黃筌並稱「黃徐」，形成五代花鳥畫的兩大流派。

[導讀]

張舜民，字藝叟，號浮休居士，宋代邠州（今陝西彬縣）人。生卒年不詳。他是北宋詩人陳師道的姐夫，與蘇軾交誼頗深。其詩明白曉暢，師法白居易。

磯，為突出於江邊的小石山，如長江邊上，就有著名的燕子磯、採石磯。現安徽省繁昌縣長江邊有板子磯，此詩所寫的板子磯或許就是該處。

詩人把眼前的板子磯描繪成了一幅動人的圖畫，你看石上有「紅花低照水」，山頭有「綠篠細含煙」，真是色彩紛呈，美不勝收。這不是徐熙親筆描繪的水墨畫嗎？人們常說「江山如畫」。當我們進入祖國景色優美的山山水水之中，確實宛如畫中遊，可以獲得許多審美的愉悅。

三衢道中

曾幾

梅子黃時日日晴〔1〕，小溪泛盡卻山行〔2〕。

綠陰不減來時路，添得黃鸝四五聲。

［註釋］

〔1〕梅子句：江南梅子黃熟時，天氣多雨，恰好碰上晴朗的好天氣，故強調「日日晴」。

〔2〕小溪句：泛舟小溪，當不能再行進時，便捨舟而山行。

［導讀］

曾幾（1084—1166），宋代人。原籍贛州，遷居洛陽。與其兄曾開，都因反對議和，觸怒秦檜而被罷官。其詩清勁靈活，《三衢道中》為其中佳品。

三衢，即衢州（今浙江衢縣），因境內有三衢山而得名。道中，即旅途之中。詩人在初夏的前後，兩次赴衢州，沿途的青山綠

水，讓其留下了極為新鮮的感受，於是寫下了這首四行寫景的詩句。

衢州地處浙江上游，境內多山，所以道途兼有水陸。在行程中看到綠陰繁密，聽到黃鸝鳴囀，似乎習以為常。但作者在詩中融入了對「來時路」的回想，並引起對此觀照，這就平添了詩趣，讓人回味無窮。

遊山西村

陸游

莫笑農家臘酒〔1〕渾，豐年留客足雞豚〔2〕。

山重水複疑無路，柳暗花明又一村。

蕭鼓追隨春社〔3〕近，衣冠簡樸古風存。

從今若許閒乘月〔4〕，拄杖無時〔5〕夜叩門。

[註釋]

〔1〕臘酒：臘月釀造的米酒。臘月，指農曆十二月。

〔2〕豚：小豬。足雞豚，即雞豚足，形容菜餚豐富。

〔3〕春社：古以立春後第五個戊日為春社日，在這一天祭祀土地神祈求豐年。

〔4〕閒乘月：趁著月光明亮外出閒遊。

〔5〕無時：隨時。

[導讀]

陸游是宋代一位偉大的愛國詩人。宋孝宗乾道二年（公元

1166年），作者因支持張浚北伐，被罷官，回山陰（今紹興）鏡湖三山居住。本詩為宋乾道三年（公元1167年）初春，在三山鄉間所作。詩中描繪了當地的習俗、風光，表現了作者對農村生活的熱愛。

　　詩的首聯渲染出豐收之年農村一片寧靜、歡悅的氣氛。次聯寫山間水畔的自然景色，然而寫景中深寓哲理。三聯則向讀者展現了一幅古樸清純的農村民俗畫卷。末聯重點凸現與鄉民之間的深厚情誼，希望能不時拄杖乘月，輕叩柴扉，與老農親切絮語。

　　陸游七律最工。這首七律結構嚴謹，主線突出。題為《遊山西村》，全詩八句無一「遊」字，而詩中卻處處切「遊」字，遊興十足，遊意不盡。

劍門〔1〕道中遇微雨

陸游

衣上征塵雜酒痕，遠遊無處不消魂〔2〕。

此身會是〔3〕詩人未〔4〕？細雨騎驢入劍門。

[註釋]

〔1〕劍門：山名，在今四川劍閣北。

〔2〕消魂：猶言傷神。

〔3〕會是：應當是。

〔4〕未：一作「否」。

[導讀]

詩人生活的年代正是金人入侵、戰火連綿的年代。南宋孝宗乾

道八年（公元1172年）冬，陸游由南鄭（今陝西漢中）調回成
都。此行是由前線轉到後方，由戰地轉到都市，是去危就安、去勞
就逸之事。然而，對於滿懷愛國激情的陸游來講卻暗自傷神。詩人
不圖個人的安逸，不戀都市的繁華，而企盼「鐵馬秋山大散關」的
戰地生活。當他在微風細雨中騎著驢子走入劍門關時，自然會產生
這樣的自問：難道我只該是一個詩人嗎？這正是報國無門的哀嘆。

全詩語言簡明，刻畫入微，真正做到了「含不盡之意見於言
外」。

太平時 夢江南

賀鑄

九曲池〔1〕頭三月三，

柳毿毿〔2〕。

香塵撲馬噴金銜，

涴春衫〔3〕。

苦筍鰣魚〔4〕鄉味美，

夢江南。

閶門〔5〕煙水晚風恬，

落歸帆。

〔註釋〕

〔1〕九曲池：指汴京供皇帝遊樂與士庶縱賞的金明池等一類
河塘。

〔2〕柳毵毵：形容柳樹枝葉細長柔嫩之貌。

〔3〕浣春衫：指春的喜氣瀰漫在春衫上。

〔4〕鰣魚：長江中的一種名貴的魚，背黑綠色，腹銀白色，鱗下多脂肪，肉味鮮美。

〔5〕閶門：蘇州西門。

[導讀]

賀鑄（1052—1125），宋代衛州（今屬河南）人，曾任泗州、太平州通判，晚年退居蘇州。

這首詞分前後兩部分。前一部分寫汴京的春景，從「香塵撲馬噴金銜，浣春衫」，這樣一些點睛的描繪，把士女如雲、帝城春遊的熱鬧場面生動地展現出來了。雖則繁華，但有失於喧鬧。所以，後半部分，轉入對江南春光的回憶。「苦筍鯽魚鄉味美」，從對江南極富特色的鄉味落筆，誘發起對江南春光的無限眷戀。「君到姑蘇去，人家盡枕河」。閶門、煙水、落帆，組成了一幅淡淡的水墨畫，畫中蕩漾著絲絲的春意，這又是多麼美好啊！

作者不愧為寫詞的高手，寥寥幾筆就把同一時間南北兩地的不同色彩的春景勾畫出來了。北方的汴梁，作為京都，色彩濃麗而熱烈；南方的蘇州，作為水鄉，色彩淡雅而清新。前者為目睹的實景，後者為記憶中的追思。即使是春光明媚的季節，不同的區域也各具不同的特色。美在於選擇，仁者見仁，智者見智，只能由旅行者去擇取了。

鷓鴣天　東陽道中

辛棄疾

撲面征塵去路遙，香篝〔1〕漸覺水沉〔2〕銷。

山無重數週遭碧，花不知名分外嬌。

人歷歷〔3〕，馬蕭蕭〔4〕，旌旗又過小紅橋。

愁邊〔5〕剩有相思句，搖斷吟鞭碧玉梢〔6〕。

[註釋]

〔1〕香篝：薰籠。

〔2〕水沉：一種香料，即沉香。

〔3〕歷歷：清晰地展現在眼前。

〔4〕蕭蕭：馬鳴聲。

〔5〕愁邊：苦苦思索。

〔6〕碧玉梢：用碧玉飾成的馬鞭。喻馬鞭的華貴，以增添字面的美感。

[導讀]

辛棄疾為南宋著名的愛國詞人，其作品思想性很強，充滿濟世愛國的熱情，同時又表露了對田園山水和農村生活的熱愛。

「東陽」，即今浙江東陽縣。大約在宋淳熙五年（公元1178年），作者在京都臨安任大理少聊，因事赴東陽。本詞就是寫這次東陽之行。作品中寫了碧綠的群山、嬌艷的花朵、歷歷的行人、蕭蕭的征馬以及風展的旌旗、紅色的小橋，呈現出一派生機勃勃的景象。這種喜悅歡暢的情緒，在辛詞中是不多見的。

這首詩分為兩部分，前一部分寫行程中的自然景色，後一部分寫行路中的生活畫面。既有靜景，又有動景，動靜結合，渾然一體，讓人賞心悅目。

木蘭花 戲林推

劉克莊

年年躍馬長安市，客舍似家家似寄。

青錢換酒日無何，紅燭呼盧〔1〕宵不寐。

易挑錦婦機中字，難得玉人心下事。

男兒西北有神州，莫滴水西橋畔淚。

[註釋]

〔1〕呼盧：古代的一種賭博活動，又叫樗蒲。削木為子，共五個。一子兩面，一面塗黑，畫牛犢；一面塗白，畫雉。擲時，五子都黑，叫盧，得頭彩。因眾賭家，切望得到全黑，故高聲齊呼，因而名之呼盧。

[導讀]

這首詞分上下片。上片簡述寄語者林推的俠少生涯和開懷暢飲、徹夜縱博的生活情景。下片為作者對友人的懇切規勸：「男兒西北有神州，莫滴水西橋畔淚」，希望友人不要把壯志消磨在風月場中，而要擔當起救國興邦的重任。語意委婉，格調卻高昂。

劉克莊（1187-1269）字潛夫，號後村，宋代莆田人。為江湖派的重要作家，其詞作繼承了辛棄疾的愛國主義傳統，風格蒼勁豪放。

博彩業是旅遊活動中很吸引人的一項賺錢交易，澳門和美國的拉斯維加斯均有世界著名的賭城。旅遊者可以目睹其特有的情境，切不可意志薄弱，落入陷阱。

題西岩（選一）

劉汲

人愛名與利，我愛水與山。

人樂紛而競〔1〕，我樂靜而閒。

所以西岩地，千古無人看。

雖看亦不愛，雖賞亦不歡。

欣然會予心，卜築〔2〕於其間。

有石極峭屼〔3〕，有泉極清寒。

流觴與祓禊〔4〕，終日堪盤桓〔5〕。

此樂為我設，借域居之安。

〔註釋〕

〔1〕紛而競：指人忙於追名逐利。

〔2〕卜築：擇地構築房屋。

〔3〕峭屼：高而陡直貌。

〔4〕流觴、祓禊：皆古代民俗。三月三日，將盛酒器投於水之上游，任其順流而下，止則取而飲之，謂之「流觴」。到水濱洗濯，洗去宿垢，清除不祥，謂之「祓禊」。

〔5〕盤桓：留戀於一個地方。

〔導讀〕

　　劉汲，渾原人（今屬山西），金世宗大定年間有代表性的詩人之一。這一時期，「南北講好，與民休息」（《金史·世宗

171

紀》），社會生活由動亂走向穩定。安定的客觀環境，使一批作家產生了尋求自適、嚮往清靜的創作傾向。《題西岩》一詩恰好反映了這一創作傾向。

詩一開始，作者就申明自己與一般世俗之人在人生目標的追求上迥然相異，因而對客觀事物的審美感受也就完全不同了。詩人鍾情於山清水秀的西岩，那「峭岏」的山石、「清寒」的泉水，無不與詩人的志操相切合。即使是民間風俗、各種遊戲，無不天趣盎然，讓作者樂此不疲、終日流連。

《題西岩》一詩集中體現了劉汲崇善自然、極願與自然融為一體的思想。這種思想，是當今時代所稱道的。今天的旅遊審美學中，不是有「走進大自然」這樣一個重要課題嗎？

中呂 紅繡鞋 天臺瀑布寺

張可久

絕頂峰攢雪劍，懸崖水掛冰簾。倚樹哀猿〔1〕弄雲尖。

血華啼杜宇〔2〕，陰洞吼飛簾。比人心山未險。

〔註釋〕

〔1〕哀猿：發出哀叫的猿猴。

〔2〕杜宇：鳥名，又名杜鵑、子規。相傳為古蜀國王杜宇之魂所化，春末夏初，晝夜悲鳴，啼至血出乃止。

〔導讀〕

張可久（約1270—1348），慶元路（今浙江寧波）人。專攻散曲，特別緻力於小令。為元人留存散曲最多者，與喬吉並稱元散

曲兩大家。

天臺山在浙江天臺縣城北，為中國佛教天臺宗的發源地。天臺山群峰競秀，巉峭多姿，飛瀑流泉，潔白如練。作者在散曲中著力刻畫天臺山瀑布寺飛瀑的驚險。「絕頂」、「雪劍」、「懸崖」、「冰簾」、「雲尖」、「哀猿」、「陰洞」、「飛簾」，這一切組成了一幅讓人見而生畏的奇險圖。然而，作者並不停留在對飛瀑的刻畫上，他筆鋒一轉，秉筆直取對元代人心的剖析，指出「比人心山未險」。這是他觀景後對社會現實的深思。

舟行

吳承恩

白鷺群翻隔浦〔1〕風，斜陽遙遇樹重重。

前村一片雲將雨，問倚船窗看掛龍〔2〕。

〔註釋〕

〔1〕浦：水邊，水口。

〔2〕掛龍：夏季強烈發展的積雨雲，其形狀如漏斗下垂，民間稱為「掛龍」。積雨雲出現時，常伴有雷電、陣雨、陣風，甚至還有冰雹或龍捲風出現。

〔導讀〕

吳承恩，明代山陽（今江蘇淮安）人。出身小商人家庭，幼年即以文聞名於淮，為著名小說《西遊記》之作者。其詩文多出自胸臆，清新明麗，獨具一格。

這是一首寫景詩，寫詩人乘舟外出見到的江上雨前風光。根據

生活體驗，見到群鷺翻飛，天上出現了掛龍雲，這就預示著一場雷雨要到來了。

全詩用筆輕靈，寥寥數語，就為讀者描繪了一幅江上雨前風雲圖。

桃花谷

張實居

小徑〔1〕穿深樹，臨崖〔2〕四五家。

泉聲天半〔3〕落，滿澗〔4〕濺桃花。

〔註釋〕

〔1〕小徑：小路。

〔2〕崖：指陡立的巨大山石。

〔3〕天半：即半空中。

〔4〕澗：兩山間的流水。

〔導讀〕

張實居，清代山東鄒平人。生卒年不詳。有《蕭亭詩選》存世。

谷，即為大山溝，常有小溪潺潺流過。桃花谷，長滿桃樹的山谷，每當春光來臨，桃花盛開，該是一個多麼美麗的去處。

詩的起始兩句寫叢林中有一條小路穿過，陡峭的山石旁，住有幾戶人家。三、四句寫一股山泉從高處流入山谷，水聲彷彿從半空跌下，濺起的泉水與飄落的桃花匯合在一起，形成了一種奇妙的景

觀。

　　這首寫山景的小詩很注意色彩的鋪陳，既有深樹，又有桃花。同時還寫了從天半而落的泉水的轟鳴，真可謂是一幅有聲有色的山居圖。

破陣子　關山道中

宋琬

拔地〔1〕千盤〔2〕深黑〔3〕，插天一線〔4〕青冥〔5〕。

行旅遠從魚貫〔6〕入，樵牧深穿虎穴行，

高高秋月明。

半紫半紅山樹，如歌如哭泉聲〔7〕，

六月陰崖殘雪在，千騎〔8〕宵征畫角〔9〕清，

丹青〔10〕似李成〔11〕。

〔註釋〕

〔1〕拔地：指高山拔地而起。

〔2〕千盤：指山路千回百轉盤旋而上。

〔3〕深黑：形容山高林密，十分陰暗。

〔4〕插天一線：兩山之間僅露一線天，看起來就像這一線天是硬插到山中間似的。

〔5〕青冥：青灰色，形容天空顏色，也指天。

〔6〕魚貫：指山路或關卡十分狹窄，旅客一個一個通過，如

同游魚前後相貫。

〔7〕如歌句：《隴頭歌》曰「隴頭流水，鳴聲幽咽」。本詩活用其意，以切關山情景。

〔8〕千騎：泛指大隊騎兵。

〔9〕畫角：彩飾號角，此指號角聲。

〔10〕丹青：紅色和青色的顏料，借指繪畫。

〔11〕李成：宋代名畫家，所作山水，煙景萬狀，為世所珍。

[導讀]

宋琬（1614—1673），明末清初，山東萊陽人。其詩多豪宕激昂之辭，當時與施閏章齊名，稱「南施北宋」。

作者曾去過西南、西北一帶，親自目睹崇山峻嶺給行路帶來的險阻。這首詞題為《關山道中》，就是具體刻畫旅途中關山險阻的情景。

詞的上半關，用「千盤深黑」、「一線青冥」、「魚貫入」、「虎穴行」，極力刻畫出山勢的陡峭和狹窄難行。

詞的下半關則用「如哭如歌」的泉水聲，「千騎宵征」的號角聲，渲染關山道中氣氛的凝重。還用畫家李成煙景萬狀的山水圖來烘托關中道中形態的雄渾。

的確，大自然是多姿多彩的，進入拔地而起、千盤百結的群山之中，去領略一下大自然的雄奇之美，也是人生的一大快事。

馬嵬（選一）

袁枚

莫唱當年《長恨歌》〔1〕，人間亦自有銀河〔2〕。

石壕村〔3〕里夫妻別，淚比長生殿〔4〕上多。

[註釋]

〔1〕《長恨歌》：白居易的詩作，寫唐玄宗和楊貴妃的愛情悲劇。

〔2〕銀河：指夫妻分離。源自民間故事《牛郎織女》。

〔3〕石壕村：出自杜甫詩作《石壕吏》，反映社會動亂給百姓帶來的痛苦。

〔4〕長生殿：唐玄宗宮裡的一個宮殿，唐玄宗和楊貴妃曾在這裡談情說愛。

[導讀]

袁枚（1716—1797），浙江錢塘（今杭州市）人。著述頗多，涉及面較廣。論詩首倡性靈，所作大體貫徹了這一主張，多寫生活感受，風格清新靈巧。

這首詩題為《馬嵬》，應為詩人遊覽唐玄宗愛妃楊貴妃的葬身之地有感而作。馬嵬：地名，在陝西興平縣西。唐代玄宗皇帝寵愛楊貴妃，不理朝政，致使安史之亂爆發。玄宗帶著楊貴妃西逃。到了馬嵬坡時，玄宗在士兵的壓力下，不得不把楊貴妃處死，此處今仍留有楊貴妃墓。這首短詩認為《長恨歌》不過是寫皇帝與貴妃的生離死別，而杜甫的名詩《石壕吏》則反映了廣大人民遭受的深重苦難，其社會意義更重大得多。

這是一首憑弔歷史遺蹟的感懷詩，但其立意卻並不侷限於唐玄宗與楊貴妃的愛情悲劇，而是面向整個社會，看到了人間的更多不幸，因此具有更深刻的思想性。

秣陵

屈大均

牛首開天闕，龍崗抱帝宮〔1〕。

六朝春草裡，萬井落花中〔2〕。

訪舊烏衣少，聽歌玉樹空〔3〕。

如何亡國恨，盡在大江東〔4〕。

[註釋]

〔1〕「牛首」兩句：南京在晉代稱作秣陵。這兩句寫南京形勝。牛首，指牛頭山，在南京市南。龍崗，指鐘山。

〔2〕六朝兩句：寫城市殘敗。

〔3〕訪舊兩句：寫人事凋零。烏雲，即烏衣巷。魏晉及南朝時，南京名門大族聚居之地。

〔4〕如何兩句：聯繫古今，點明亡國之恨。

[導讀]

這首詩透過南京的興衰變遷，抒發對明代滅亡的感慨。文字雖質樸，卻蘊情深遠。

屈大均（1630—1696），初名紹隆，字翁山。明代廣東番禺人。明秀才。清兵入廣州前後，曾加入抗清隊伍作戰。失敗後削髮

為僧，不久還俗，更今名。善寫詩，為「嶺南三大家」之一。平生足跡遍南北。詩中有慷慨悲壯之氣，富有愛國主義思想。

　　旅遊者來到某一名城或名地，瞭解該城或該地的歷史變遷，把握其豐富的文化內涵，這一定會增加旅遊的樂趣，更可提升旅遊的品位。

小園

黎簡

水影動深樹，山光窺短牆〔1〕。

秋村黃葉滿，一半入斜陽〔2〕。

幽竹如人靜，寒花為我芳。

小園宜小立，新月似新霜〔3〕。

［註釋〕

〔1〕窺短牆：指光線透過短牆而照入。

〔2〕入斜陽：指被斜陽籠罩。

〔3〕似新霜：指月光照在園內彷彿下了一場新的白霜。

［導讀〕

　　黎簡（1748—1799），清代廣東順德人。工書畫，詩亦著名。前人評其詩「峻拔清峭，刻意新穎」。

　　《小園》這首短詩寫秋日小園所見的景色，從傍晚一直寫到新月初升，層次分明，意境幽美。有樹影，有黃葉，有幽竹，有寒花，有新月，這一切都為小園構建了一個獨特的審美處所，讓人樂於駐足觀賞。

愛美之心人皆有之，正由於追求美，人們暢遊各地，以便獲得審美的愉悅。名山大川，當然是大批遊客樂於前往的旅遊勝地。那麼，極富情趣的小園呢？如蘇州的網師園、揚州的個園、南京的瞻園、如皋的水繪園等等，這些園林透過前人獨具匠心的構建，為我們提供了一個賞心悅目的暢遊處所，同樣也是值得大家光顧的。即使是黎簡筆下的這座無名的鄉村小園，不也充滿了詩情畫意嗎？

後記

　　本書由王東提出編撰設想，第一、二、三、四部分分別由桑農、談正衡、孔立新、朱典淼具體負責，經多次集體商討定奪。

　　古人把「行萬里路，讀萬卷書」作為人生的追求。讀書實際上就是用眼透過文字來實現「臥遊」的樂趣；旅行則是走向自然和社會，閱讀大自然與人類社會這本大書。因此，讀書和旅遊並不是單純的自我娛樂，這當中有增長見識、磨礪意志、陶冶情操的積極意義。

　　從古至今，有不少仁人志士寄情於山水名勝，寫下了不少感人肺腑的傑作，後人讀來仍有不少的啟示。這本集子收入的是從先秦到清代的一些優秀的旅遊詩作，今後，我們還打算按著編撰近代、現代部分。詩歌部分完成後，還擬編撰散文的古代、近代、現代部分。這樣，可構成旅遊文化的系列叢書，既可作培訓導遊的教材，又可滿足廣大讀者的閱讀需要。

　　「書到用時方恨少，事非經過不知難。」我們當本著嚴肅認真的態度去促成這一計劃的實現，以期對社會作出應有的奉獻。

編者

於江城萃硯齋

國家圖書館出版品預行編目(CIP)資料

中國古代旅遊詩選讀 / 朱典淼, 王東 主編. -- 第一版.
-- 臺北市 : 崧燁文化, 2018.12

面 ; 公分

ISBN 978-957-681-661-1(平裝)

831.9 107021627

書　名：中國古代旅遊詩選讀
作　者：朱典淼、王東 主編
發行人：黃振庭
出版者：崧燁文化事業有限公司
發行者：崧燁文化事業有限公司
E-mail：sonbookservice@gmail.com
粉絲頁 [QR code]　　　網　址：[QR code]
地　址：台北市中正區重慶南路一段六十一號八樓 815 室
8F.-815, No.61, Sec. 1, Chongqing S. Rd., Zhongzheng
Dist., Taipei City 100, Taiwan (R.O.C.)
電　話：(02)2370-3310 傳　真：(02) 2370-3210
總經銷：紅螞蟻圖書有限公司
地　址：台北市內湖區舊宗路二段 121 巷 19 號
電　話：02-2795-3656　傳真：02-2795-4100　網址：[QR code]
印　刷 ：京峯彩色印刷有限公司（京峰數位）
　　　本書版權為旅遊教育出版社所有授權崧博出版事業有限公司獨家發行
電子書繁體字版。若有其他相關權利及授權需求請與本公司聯繫。
定價：350 元
發行日期：2018 年 12 月第一版
◎ 本書以POD印製發行